文春文庫

にょにょにょっ記

穂村 弘
フジモトマサル

文藝春秋

にょにょにょっ記

穂村弘
フジモトマサル

4月1日　エイプリルフール

どきどきする。
新聞もテレビもネットも今日は信用できない。
危険だから一日中部屋に籠もっていよう。
外の世界では、みんなが互いに嘘を吐きまくっているのだ。

4月5日　憧れの職種

指輪が抜けなくなったら消防署に行くように教わる。
消防署には指輪を切断するための専用の機械があるらしい。
どんな形をしてるんだろう。
誰が切ってくれるんだろう。
その係にちょっと憧れる。
仲間たちが銀色の服を着て火事の現場に向かうとき、ひとりでお留守番だ。

4月6日　蜘蛛

蜘蛛に睨まれる。
私が巣を壊したからだ。
こわくないぞ。
こっちの方がずっと大きいんだから。
でも、眠ってるうちに口のなかに入られたら嫌だなあ。

4月7日　テスト

実家の押し入れから小学校の時のテストが出てくる。
国語の三択問題。

「船」の絵の下に
・ふわ
・ふれ
・ふね

「ふ」は固定だから、「わ」か「れ」か「ね」かがポイントになる。

「犬」の絵の下に
・いめ
・いぬ
・こぬ

「ぬ」と「め」は似てるし、「い」を縦にすると「こ」っぽいもんなあ。

「電話」の絵の下に

・でんわ
・れんわ
・でんれ

「れんわ」って可愛いし、「でんれ」は恰好いい。

4月9日　テスト・その2

引き続きテストを見る。

国語の問題文。

たいへんです。
こりすが、ふわふわ　そらに　あがって　いきます。
みんなが　たすけに　きました。
ぞうは、はなを　のばしましたが、とどきません。
きりんは、くびを　のばしましたが、とどきません。
さるは、きに　のぼりましたが、とどきません。
そこへ、わしが　とんできて、こりすを　たすけて　くれました。

設問1
どうして　たいへんなのですか。
設問2
どうぶつたちは、どのようにして　たすけようとしましたか。
設問3

こりすを　たすけたのは、だれですか。

いやいやいや、と思う。
そんなことより「たいへんです。こりすが、ふわふわ　そらに　あがって　いきます」って前提がそもそもシュールすぎるだろう。

ふわ
ふわ
おい、あそこ!
なんだあれは。

4月12日　昭和

散歩をする。

下校途中らしいランドセルの女の子がふたり歩いていた。

彼女たちの会話が耳に入る。


「ゆまちゃん、平成でしょ」

「うん」

「あたしも」

「一緒だね」

「うん、でも、小学生で昭和生まれの人はいないでしょ」

「昭和って？」

「知らないの？　昭和」

「うん」

「平成の前のことだよ」

「へえ」

ショックを受ける。

昭和生まれの私は明治や大正のことは知らない。

だから平成生まれの彼女たちが昭和を知らないのは当然だ。

しかし、昭和の存在自体を知らないとは……。

この会話をきいたら、昭和もがーんとなっただろうな。

4月15日　横棒

安室奈美恵

「安室奈美恵」という名前をみていて、はっとする。

上部に横棒が一直線。

だから何って云われても困るけど。

本人とマネージャーはこのことを知っているのだろうか。

4月16日　単位

元気さの単位を考える。

1ハイジ＝10クララ

4月18日　眼鏡

講演のためにスーパーあずさで上諏訪へ向かう。
車内アナウンスで、はっと目が覚める。
茅野駅だ。
いつの間にか、眠ってしまったらしい。
と、何かが、おかしい。
辺りがぼやんとして……、眼鏡がない！
ない。

ない。
焦りながら顔面を必死にまさぐる。
つるんとして。
やっぱり、ない！
眠っているうちに顔から眼鏡が消えた。
そのとき、上諏訪までは約五分というアナウンスが入って、
燃えるように焦る。
はやく、はやく、みつけないと、着いちゃう。
だって私は強度の近視。
眼鏡がないと何にもできない。
でも私は強度の近視。
眼鏡がないと眼鏡が探せない。
どうして。
どうして、こんなことに。
車掌さんが来たとき、たぶん私は眠っていて、切符をみせ

ることができなかった。
だから、その代わりに顔から眼鏡をもっていってしまったのか。
何のために。
車掌さん。
焦りのあまり、思考が暴走する。
そうだ。
どこかに落ちたのかもしれない。
そう思って、服の上をめちゃくちゃに撫でる。
ない。
顔を撫でる。
ない。
太腿の上を撫でる。
ない。
顔を撫でる。

ない。

椅子の上を撫でる。

ない。

顔を撫でる。

ない。

顔にないことはもうわかっているのだが、ショックのあまり、一回ごとに撫でずにはいられない。

這《は》い蹲《つくば》って、床を手で撫で回す。

あった！

慌ててかける。

見える！

顔を撫でる。

ある！

4月19日　かまぼこ

近所の古本屋さんに行く。
古い絵葉書を何枚か買った。
会計の時、「ずいぶん前のだけど、よかったらどうぞ」とフリーペーパーを貰った。
店主の女性が作ったものらしい。
家に帰ってから、読んでみた。

お正月にかまぼこが食べたくなって買いに行ったらとても高かったので、諦めて家に帰った。
そして、冷蔵庫にあったちくわを裏返してかまぼこだと思って食べた。

日記っぽいページに、そんな内容の記述があった。
彼女のことが好きになった。

4月22日　マングース

電車に乗る。

「ほら、あの、あれ、マングースに勝つ奴、なんだっけ」

「それをいうならハブに勝つ奴でしょ」

「それがマングースでしょ」

そんな会話がきこえてきた。

声の方をちらっとみたら、中年の男性がひとり。

ひとり？

4月26日　雨

目覚めると雨の音がきこえた。

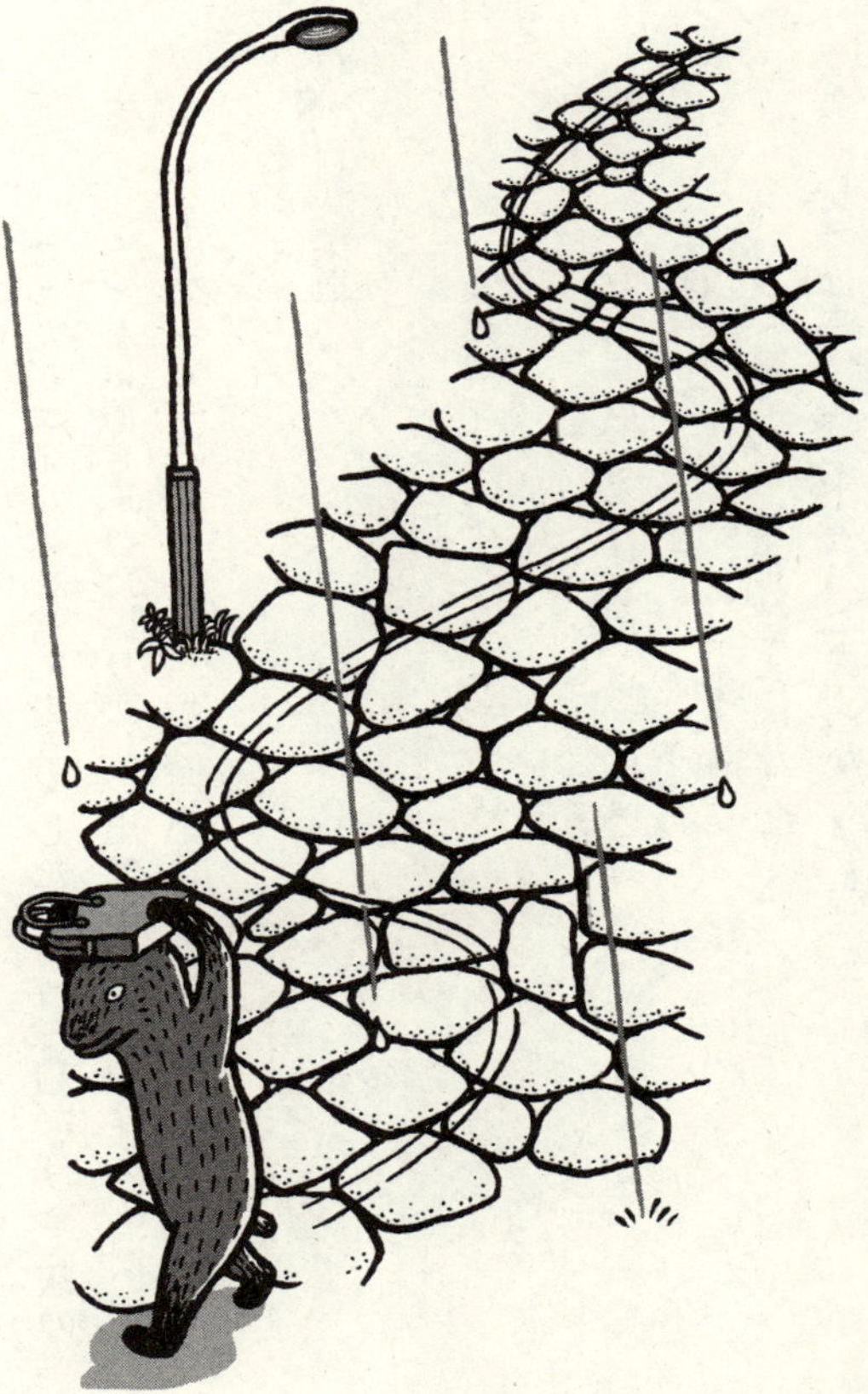

不意に恥ずかしさが込み上げてくる。

朝は雨が降っていたのに午後から天気が良くなって邪魔になったビニール傘を捨てようとしたけどゴミ箱がなくて駅のトイレに置き忘れた振りをして出てきたら親切な人が追いかけてきて手渡してくれたことを思い出したのだ。

4月28日　柔道

友達と話す。

友「昨日、テレビでやってたね」
ほ「何？」
友「柔道の、選手権みたいなの」
ほ「へえ、柔道ってよくわかったね」

彼女はスポーツ音痴なのだ。
友「わかるよ。一本とか、二本とか」
二本はないけどね。

4月29日　秘密

横断歩道のむこうとこっちで、小学生の女の子たちが話していた。
むこうは一人。
こっちは二人。

こっち「ぜったいぜったい秘密だよ〜」
むこう「わかった〜」

こっち「家族にも云っちゃだめだよ〜」
むこう「わかった〜」
こっち「おとうさんにもおかあさんにもだめだよ〜」
むこう「わかった〜」
こっち「おねえちゃんにもおじいちゃんにもおばあちゃんにもだめだよ〜」
むこう「わかった〜」
こっち「ぜったいだよ〜」
むこう「あのさ〜」
こっち「なーに〜？」
むこう「猫にはいい〜？」
こっち（二人で相談して）「いい〜」

いいものを見たな、と思う。

4月30日　自動販売機

散歩をする。
今日は天使が一緒だ。
喉が渇いたので、飲み物の自動販売機に近づく。
すると値段が80円とか100円とかで、おっと思う。
安い。
こういうのときどきある。
ちょっと迷って、でも結局買わなかった。
安いから逆に避けたのか、と自分に問い掛ける。
定価じゃないと不安だなんて管理社会に洗脳されすぎだろうか。
というのも大袈裟か。
もやもやする。
歩きながら、さり気なく口に出してみる。

「どうして安い自動販売機があるんだろう?」

天使は云った。

「優しい人の家の前だから?」

えっ?

うーん。

違うと思うなあ。

でも、云わなかった。

5月2日　名人顔

テレビで将棋を観る。

羽生善治名人が戦っていた。
きらきら目、さらさら髪、細い眼鏡。
ああ、と思う。
小学校のとき、こういう顔の子供がいた。
ひとりじゃなくて何人も。
みんな、あたまの良い子だった。
でも、彼らが成長しても必ず名人になれるわけではない。
むしろ、なれないことが多い。
その理由がわかった。
成長とともに顔が変わるからだ。
あたまの良い子供の顔からあたまの良い大人の顔に。
だが、羽生さんは大人になってもあたまの良い子供の顔のまま。
そういうひとだけが名人になれるのだ。

5月6日　牡蠣

オイスターバーの支配人たちの会合に招かれる。

そこで、こわい話をきいた。


「これは業界の最重要機密なんですが、実は、牡蠣ってどんなに新鮮でも、あたるときにはあたるんです」

「ええっ。鮮度じゃなかったら、何と関係があるんですか。こちらの体調とか、食べた量とか、食べ合わせとか……」

「それが、何とも関係ないんです」

「へ？」

「つまり、牡蠣はこの世の因果律から独立した存在で、あたるときにあたる」

5月9日　声

テレビで将棋を観る。

不思議な声がきこえてくる。

「30秒……40秒……50秒、1、2、3、4……」

記録係の女性が持ち時間を告げているのだ。

声の調子が静かすぎる上に独特のフラットな節回し。

どこか幻聴めいている。

でも、これこそが最高度に集中した人間の思考を極力妨げずに必要な情報だけを伝達できる声なのだろう。

あのひとが自分の恋人だったら、と想像する。

是非やって貰いたいものだ。

「うどんができたよ……食べないと……伸びますよ、1、2、3、4……」

5月12日　音楽室の謎

テレビドラマを観る。

学園ものだ。

音楽室のシーンで、壁の高い位置にモーツァルトの肖像画がかかっているのを発見して、ああ、と思う。

懐かしい。

そういえばそうだった。

私の通っていた中学校や高校の音楽室にも、ハイドンやバッハやモーツァルトの肖像画がかかっていた。

髪型が羊っぽいの。

今でもそうなんだなあ。

でも。

ふと考える。

どうして音楽室だけなんだろう。

理科室には、キュリー夫人の肖像画はなかった。
アインシュタインのも。
体育館には、マイケル・ジョーダンの肖像画はなかった。
コマネチのも。
家庭科室には、小林カツ代の肖像画はなかった。
平野レミのも。
絵を描くための美術室にさえ、ピカソの肖像画はなかった。
岡本太郎のも。
なのに、どうして音楽室にだけかかっていたんだろう。
そして今もかかっている。
不思議。
羊。

5月14日　朝御飯

友達とランチの約束があったので、朝御飯を控えめにする。

納豆御飯だ。

でも、食べ出すとぐんぐん食べてしまう。

これはこれですごくおいしい。

5月15日　1分

本屋さんに行く。

店内の壁に、こんな言葉を見かけて、はっとした。

「目は1分でよくなる！」

どうやら書籍の宣伝ポスターらしい。

へえ、と思う。

その隣には、

「耳は1分でよくなる！」

とあった。

そうなのか。

さらに隣には、

「髪は増える！」

あれ？　と思う。

髪は1分では増えないんだなあ。

5月16日　自動車

車の自動運転についてのニュースを見る。
その実用化に向けて法整備の検討やテストが進んでいて、
近い未来に自動運転が可能になるらしい。
そうか、と思う。
とうとう本当の自動車ができるのだ。
今の自動車は、どう見ても手動車だ。
人力車よりはずいぶん進化してるから、つい嬉しくなって
自動車って云っちゃったんじゃないか。

5月18日　ポリチャリ

夕方、自転車のお巡りさんと擦れ違う。
荷台には白い箱が載っている。

なんだろう、と思う。

何が入っているのか。


「あの、そのなかには何が入ってるんですか」

「え？」

「その荷台の……」

「知りたいかい」

「差し支えなければ」

「どうしても？」

「いえ、職務上の機密とかならいいんですけど」

「いや、かまわないよ、ほら」

「わあ」


カステラだ。

ふっくらしたカステラが白い箱一杯に詰まっている。

そして切るためのヘラ。

美味しそうだ。

泣きやまない迷子や悪人っぽい顔を誤解されて職務質問されてしまったひとがお詫びに貰えるにちがいない。

いいなあ。

ひときれ欲しい。

でも、云い出せない。

だって、私は迷子じゃない。

悪人っぽい顔でもない。

職務質問されたわけでもない。

むしろこちらから質問したのだ。

心のなかで指をくわえながら、ありがとうございました、と云う。

お巡りさんは頷いて、ぱたんと蓋を閉める。

では、と敬礼をして自転車にまたがった。

5月21日　雀

散歩をする。
お米屋さんの前に雀が一羽いた。
ドア越しにじっとなかをみつめている。
そこには米、米、米、米、米。
雀の目つきは鋭い。
人間でいうと銀行強盗の下見だろうか。

5月22日　死

死について考える。
人間が死ぬのは加齢や病気のせいだと思ってたけど、もしかしたら、違うのかもしれない。

確かに誰でも歳はとるし、病気で弱ったりもするけど、それらと死とは、原因と結果のような関係にあるわけではない。

そうみえるのは錯覚で実は無関係。

つまり、死ぬときに死ぬ。

5月23日　眼鏡拭き

外出先で眼鏡拭きを忘れたことに気づく。

ハンカチやティッシュはなくてもなんとかなる。

でも、眼鏡拭きは必要だ。

買わなきゃ。

デパートの眼鏡売り場へ行く。

が、見当たらない。

眼鏡拭き。

「いらっしゃいませ」
「あの」
言葉が出なくなる。
「眼鏡拭きください」が云えない。
恥ずかしいのだ。
私のあたまのなかでは、長年あれは眼鏡拭きだ。
でも、どうだろう。
急に不安になる。
予感。
口に出したとたん、笑われるような。
空想の店員1「ぷっ」
空想の店員2「なになにどうしたの」
空想の店員1「『眼鏡拭きください』だって、このお客さんが」

空想の店員2「『眼鏡拭き』？」

空想の全店員「きゃはははははは」

でも、と思う。

もし、あれが眼鏡拭きでなかったら、なんと呼べばいいのだろう。

おそるおそる店員さんに近づく。

「はい？」

「あの、あの、眼鏡を拭く、あの、布みたいな」

「あ、はい、こちらですね」

買えた。

でも、わからないままだ。

この布の名前。

5月26日　おもろい

「おもろい」を思い出す。

小学生のとき、アニメを観ていたら、登場人物のひとりが「おもしろい」のことを「おもろい」と云った。

おおっ。

なんかいい。

そう思ったのは私だけではなかったらしい。

翌日、教室中の男子が「おもろい」「おもろい」と云いまくっていた。

どうしてあんなに興奮したのか。

小学生男子ってばかだなあ。

5月28日　結ぼれ

携帯電話の充電器のコードに、いつのまにか結び目ができている。

またか、と思う。

こういうことってある。

何故？

いつ？

誰が？

私ではない。

そんなことをした記憶がない。

かといって、コンセント部と充電器部の構造から考えて自然にできるはずがない。

でも、確かに結び目はある。

この現象は携帯電話に限らない。

はっと気づくと、電気機器をはじめとする様々なコードたちに、全く身に覚えのない結び目ができているのだ。

不思議。

首を捻りながら直す。

もしかして、癌とかもこういう仕組みなんじゃないか。

身に覚えのない結び目の謎を解明できたとき、我々は癌の恐怖から解放されるのかもしれない。

5月31日　犬

「あの犬はこわいよ」と天使が云った。

「どうして？」と私は訊いた。

「焦げ茶だもん」と天使が云った。

犬種やサイズじゃなくて、色か。

6月3日　お店

初めてのレストランに入る。

「おひとりさまですか」

「はい」

「こちらのお席へどうぞ」

ウエイトレスさんに示された席についてから、しまった、と思う。

ここ、若者向けのお店じゃないか。

だって、メニューの字がこんなに小さい。

念のためにテーブルの上を見回す。

やっぱり、そうだ。

ないもん。

爪楊枝。

6月7日　さくぶん

昔の「さくぶん帳」が出てくる。

表紙には「二がくねん二くみ」と書かれていた。

おかあさんのこと

おかあさんははやおきだあさはやくおきてようふくをきてまたねるだからいつもぼくがおきるときにはようふくをきているそしてぼくが学校からかえってくるとそうじをしているところだ。だからたいがいほかのへやにいっていてよばないとでてこないだからぼくは、よぶのがめんどくさいのでそうじしていなければいいなあとおも

うおわり

おお、と思う。

なんだか面白い。

特にいいのは、各一回ずつしか出てこない「。」と「、」だ。

「。」や「、」の存在を知らないのか、と思いきや不意に現れる。

どうして、ここで「。」、ここで「、」と思ったのか。

それに、どうして「学校」だけ漢字なのか。

われながらわからないおわり

6月9日　カフェ

近所のカフェに行く。

メニューに、こう書かれていた。

生バナナジュース
（ジューサーで作るので、ちょっとウルサい）

6月10日　太陽にほえろ！

テレビを観る。

昔の「太陽にほえろ！」だ。

前係長の佐藤慶が新人刑事の萩原健一に向かって呼びかけていた。

「おい、長髪」

6月11日　うきうき

若者と会話をする。

ほ「暖かくなって半袖を着るだけで、なんだか気分がうきうきしてくるね」

若「お猿みたいですね」

お猿？

それは「うきうき」じゃなくて「ウキッウキッ」だろう。

6月15日　ペースメーカー

テレビでマラソンを観る。

「既に後続を大きく引き離して完全な独走態勢です」と実況

のアナウンサーが云った。

ん？　と思う。

だって、画面にはふたり映っている。

そうか。

ひとりはペースメーカーだ。

このシステムができたのはいつからだったろう。

初めて観たとき、怪訝な気持ちになったけど、今も慣れることができない。

ペースメーカーの役をどうしてわざわざ人間がやるのか。

昔ながらの先導バイクじゃ駄目なのか。

ペースメーカーは人間なのに選手じゃない、ってところが気になるのだ。

だって「後続を大きく引き離して完全な独走態勢」の選手に、ここまでついてこられるってことは、この人はものすごく実力があるにちがいない。

このまま最後まで走ったら、と考えずにはいられない。

優勝か、少なくとも二位になる可能性が高い筈。

でも、彼は途中で走るのを止めてしまう。

どんなに好調でも。

まだまだ余力があっても。

だってペースメーカーだから。

観ている方はもやもやするのだ。

優勝者が月桂冠をあたまに載せてインタビューを受ける姿を観ても、もうひとつの結果があり得たんじゃないか、と思って。

ペースメーカーっていったい、などと、ぐるぐる考えていたら、突然、ひとりが走るのを止めた。

あっ、と思う。

棄権だ。

独走の選手が棄権しちゃった。

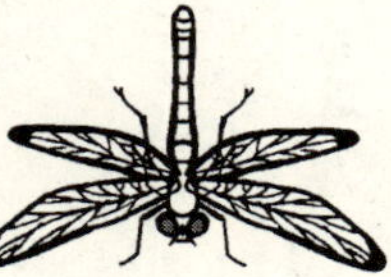

あとに残ったのはペースメーカーひとり。
どうすんの、この場合。
これでペースメーカーが予定通りレースを降りちゃったら。
そして誰もいなくなった、だよ。
そんなこと誰も望んでないだろう。
沿道の観客もテレビの視聴者もマラソンの神様も。
行け、と私は心のなかで叫ぶ。
走れ。
ペースメーカーなんて関係ない。
それが誰であろうと、最初にテープを切ったものが優勝者なのだ。
でも、アナウンサーは落ち着いている。
解説者も落ち着いている。
あれ?
ああ、そうか、と気づく。

さっき止まった方がペースメーカーだったのか。

なんだ。

ずーっと逆だと思い込んで観てたよ。

だって、こっちのひとの方がペースメーカー顔だから。

6月17日 ワープロ

夢をみる。

夢のなかの私はワープロを打てないひとで、練習してた。

「『明日』って打ってみましょう」

先生にそう云われて、「あ」「し」「た」と打ったところで目が覚めた。

変換キーを押す前に。

6月20日　Suica

熊本に行く。

市電を利用する時、だめもとでSuicaを使ってみたらなんと乗れてしまった。

ショックを受ける。

Suicaって最初はJR東日本の管轄内でしか使えなかった。

それでもとても便利だった。

数年後に地下鉄でも使えるようになった時は嬉しかった。

或る日気づいたら京都の地下鉄にも乗れるようになっていた。

それが、ついにここまできたのか。

熊本の市電で使えるということは、もはや国内の全ての電車で有効なのかもしれない。

もちろんキオスクやコンビニでも使える。

万能カードだ。

ふと思いついて、Suicaを自分の肩に当ててみた。

反応なし。

「ピッ」とマッサージ料金が引かれて肩が楽になるかと思ったのだが、まだそこまでは来ていなかった。

金星には金がたくさんあるのかな？

6月23日 金箔

割烹料亭に連れていかれる。
料理の上にきらきらしたものが載っていた。
金箔だ。
う、と思う。
なんとなく、苦手なのだ。
もったいないような、心配なような。
豪華で贅沢ってこと？
でも、小学校の理科の時間に確かヤナギ先生は云っていた。
「地球上の金の総量は50メートルプール2杯分です」
ってことは、これを食べちゃうとそれだけ減ってしまうことになる。
いいのかなあ。
そんなことして。

思わずそう云ったら、仲居さんがにっこりと教えてくれた。

「金は消化されませんから、めぐりめぐって総量に影響はありません」

安心した。

そうか。

めぐりめぐるのか。

6月27日　アラビヤ数字

青山の日月堂で『アラビヤ数字の字體』という本を買う。

昭和二年に「遞信省貯金局」から発行されている。

「アラビヤ数字の字體不良が爲替貯金事業の上に及ぼす損害と之が爲に蒙むる公衆の迷惑とは甚大なものがある」、だから、みんなアラビヤ数字をちゃんと練習して書けるようになりましょう、という本だ。

へえ、と思う。

アラビヤ数字って「1234567890」のことだよな。

その頃のひとは、これがうまく書けなかったのか。

「壱」とか「弐」とか「参」とかの方が、どうみても難しく思えるけど。

でも、それは二十一世紀の人間の考えで、当時の人の感覚はちがっていたようだ。

その証拠に、第一章「アラビヤ数字字體の改正統一に就て」のなかに「紛らはしくなり易き數字」という項目がある。

以下が、その全文である。

「1は7と9に。7は1と9に。9は1と7と0に。0は

9と2に。2は0に。3は5と8に。8は3と5に。5は8と3に。6は4に。4は6に」

うーん。

「9は1と7と0」に「紛らはしくなり易」いかなあ。

二十一世紀の目では全然ちがうようにみえる。

6月28日 アラビヤ数字・その2

『アラビヤ数字の字體』の続きを読む。

第二章「標準アラビヤ数字練習の手引」だ。

目次は次のようになっている。

一　姿勢

二　ペン軸の持ち方

三　ペンにインクの含ませ方
四　鉛筆の持ち方
五　正しい型
六　傾斜と均整

実に丁寧な内容である。
そして、いよいよ

七　書き方

に入る。
冒頭の一文はこうだ。
「ノには何の考慮も要らないと考へてゐる者があるならば
それは間違つてゐる」

え、と思う。
いきなり、強打がきた。
「ノ」、簡単だと思うけどなあ。
でも、その考えは「間違つてゐる」のだ。

「傾斜とか位置とか大きさとかは、此のノを書いてしまふともうそれで大體決まつてしまふことになる、それであるから、それらは是非とも先づノを書く前に、頭の中で充分に究めておかねばならぬのである」

よくわからないけど、とにかく「ノ」をただの棒だと思って甘く見るな、ってことらしい。

6月29日　アラビヤ数字・その3

『アラビヤ数字の字體』の続きを読む。

「1」の次は「2」「3」「4」と順に説明が続いてゆく。

「2は直線を少しも須《もち》ひない数字である」
「3も2と同様に曲線のみの組合せである」
「4は2や3と異つて直線のみの組合せであるから、要領を會得することは比較的容易である」

わざわざ言葉にされると不思議な感じがするけど、この辺りは、まあわかるような気がする。

最大の山場は「8」だ。

「8は困難である點に於て第一位にある」

し、知らなかった。

「8は困難である點に於て第一位にある」、その理由は以下の通り。

「起點の正否が、直にその數字の良否を決めることは共通の事柄であるが、他の數字は大體に於て起點は全體の高さを示してゐる、2と3と9とに於て若干の相違があるが、之としても直ぐに上方の區劃線に持つてゆくのであるから左程の難事ではない、8は殆んど最後までゆかぬと高さが決まらぬといふのが困難の第一、第二は同様の方向に傾斜の直線があるにも拘はらず、その角度が非常に異つてゐること、更に上方から一旦書き下ろして再びそれをそのまゝ書き上げねばならぬ、しかも不斷に技巧を要しつゝ此の間のペンは丸で逆に使はねばならぬといふのが最も大きな第

三の困難である」

読んでるうちに息苦しくなってくる。

この文章のほうがずっと「困難」だよ。

それにしても、「8」がそんなに奥深かったとは……。

昭和二年の「貯金局」で、「8」を記入しようとして「困難」に立ちすくむ女性に向かって、「お嬢さん、ここは私にお任せください」と云いながら、しゅぱっと「8」を書いてあげたら、英雄になれるかもしれないな。

8888888888888888。

楽勝だ。

さすがは未来人。

6月30日　半ズボン

天使と散歩をする。

学校帰りらしい小学生の集団と擦れ違った。

男子の半ズボンが膝くらいの長さで、おやっと思う。

「最近の半ズボンは長いね」と私は云った。

「そう？」と天使が云った。

「僕らの頃は太ももの真ん中くらいだったよ。でも、今の子のは膝まであった」と私は云った。

「でも、長ズボンの半分は、ちょうど膝くらいだよ」と天使が云った。

えっ、と思う。

確かに。

最近の半ズボンが長いんじゃなくて、僕らの頃のが短かったのか。

「半々ズボン」と天使が云った。

7月2日　降り方

「一休さん、最終回にひとりで旅に出て、さみしくてかなしかったから、テレビにたんぽぽをお供えしました。死んじゃったわけじゃないのにね。子供だったから。あ、経堂だ、それじゃ、おやすみなさい」

一緒に乗っていたひとにそう云って、電車を降りていった女性がいた。

なんて素敵な降り方なんだろう。

7月4日　ヤクルト

知人にヤクルトを貰う。

受け取って、あれ？　と思う。

なんだか変だ。

しばらくみないうちに一回り大きくなったような。

私の記憶の方が間違っているのだろうか。

もしかすると、今まで気づかなかっただけで、ヤクルトはいつも微妙に大きくなったり小さくなったりしているのかもしれない。

7月6日　ヤクルト・その2

友人とご飯を食べる。

ヤクルトの件を相談してみた。

「ヤクルトって大きくなった？」

「ヤクルトってあのヤクルトおばさんの？」

「うん」

「最近飲んでないからわからないけど」

「そう」

「どうしてそう思ったの？」

「知人から貰ったのがなんだか大きく思えたんだ」

「それは外国のおみやげじゃない？」

「え、ヤクルトって外国にもあるの？」

「うん」

「国によって大きさがちがう？」

「前に香港でみたのは日本のより一回り大きかったよ」


そうだったのか、じゃあ、世界のどこかには2リットルのペットボトルくらいのヤクルトがあるのかもしれない。
逆に日本のよりも小さいのもあるのか。
凄いなあ。
ちゅっと飲めちゃうよ。
大小のヤクルトたちがマトリョーシカのように並んでいるところを想像する。

7月7日　謎ボタン

病院に行く。
エレベーターの1階ボタンの下に、さらにボタンが6個並んでいる。
普通は「B1」とかなんとか表示すると思うのだが何も書かれていない。
押してみる。

押せない。

不安になる。

7月9日　電光ニュース

新幹線に乗る。

電光ニュースが流れた。

「大量の鎮静剤を打ったトラの子どもをトラのぬいぐるみに混ぜて密輸……」

トラのぬいぐるみに埋もれたトラの子どもを想像してくらくらする。

9月12日　パンツ

バスに乗る。

後ろの席で高校生らしい女の子がふたりで話をしていた。

「パンツって古くなって棄てる直前のみょんみょんしてるのが一番穿き心地がいいんだよね」

「うん、でも棄てなきゃ」

「わかってる」

「惜しいね」

「惜しい」

いい話だな、と思う。

ふたりともみょんみょんパンツが本当は好き。

でも、心を鬼にして棄てるのだ。

私も古いパンツを愛用している。

もともとは黒なんだけど、今では黒か白かわからなくなった独特の佇まいに安らぎを覚える。

それに、新しいパンツは水分をはじくけど、そのパンツはよく吸う。

女子高生たちと私のちがいはひとつだけ。

棄てないのだ。

7月15日　パンツ・その2

みょんみょんパンツを棄てない、と書いたが、永遠に棄てないわけではない。

正確には、日本国内では棄てない、だ。

では、どこに棄てるのか。

外国だ。

その理由は、帰りの荷物を減らすためである。

出国当日、スーツケースのなかのパンツは全てみょんみょん。

古いパンツを厳選してもってきたのだ。

帰国当日、スーツケースのなかにパンツはゼロ。

ただそのとき穿いているものがあるのみ。

このパンツに何かあったらもう替えはない。

という緊張感が心地よい。

行きにみょんみょんパンツが詰まっていたスペースに帰りはお土産が一杯だ。

パリ、コペンハーゲン、ベネチア、リンツ、上海、ストックホルム、台北、ホーチミン、香港、ニューヨーク……。

今まで行った全ての町に私のパンツたちが眠っている。

最後まで役に立ってくれてありがとう。

おかげで皆にお土産を配ることができたよ。

眠れ、みょんみょん。

7月17日　柳生市太郎

テレビで「赤胴鈴之助」を観る。

千葉道場の鈴之助が柳生道場の小天狗こと市太郎と出会うシーン。

鬼面党に襲われていた若い男（市太郎）の窮地を自分が救ったと思って（本当はその逆なのに）、へらへら笑っている鈴之助に向かって、市太郎が皮肉を云った。

なにい、と気色ばむ鈴之助。

ふふふ、と笑う市太郎。

たじろぐ鈴之助。

そのとき、突然、市太郎が叫んだ。

「剣はスピード！」

びっくりする。

江戸時代に「スピード」って云わないんじゃないかなあ。

9月18日　スローゴッドハンド

図書館に行く。

向かいの席のおじいさんの右手がゆっくりと弧を描く。

ふわーん、ぺち、っと左手の甲を打った。

どうやら蚊を叩いたつもりらしい。

これが精一杯のスピードなのだ。

可哀想に。

と思っていたら、おじいさんが左手の甲から何かをつまんでぽいっとしたではないか。

びっくりする。
叩けたのか、あれで。
スピードじゃないんだなあ。

9月19日　貼り紙

高円寺のパル商店街を通る。
雑貨屋の前に貼り紙があった。

　ここにじてんしゃ置かないでください。
　置いたら、店長がキスします。

「店長」の絵も描いてあって、おかっぱの眼鏡女子だ。
なんだか可愛いんじゃないか、と思って通り過ぎる。

7月22日　貼り紙・その2

高円寺のパル商店街を通る。

雑貨屋の前の貼り紙をみて、あれっ、と思う。


　ここにじてんしゃ置かないでください。

　置いたら、店長がキスします。


という文句は同じ。

でも、「店長」の絵がなんだかちがうのだ。

おかっぱの眼鏡はそのままだけど、目が吊り上がってホウレイセンが入っている。

前の絵が可愛すぎて自転車を置くひとが減らなかったか、もしくは、増えてしまったのだろう。

それでも可愛いんじゃないか、と思って通り過ぎる。

7月29日「主婦の腿」

「主婦の腿」からのお知らせ、というメールが届く。
もわもわした気持ちになる。
「主婦の腿」が僕にメールを。
主婦って、どの主婦だろう。
どの主婦ってことはなくて、主婦全体の腿たちだろうか。
主婦全体の腿たちが僕にメールを。
ますますもわもわする。
そういえば昔、「サタンの爪」というひとがいた。
正義の使者月光仮面のライバルだ。
「クレオパトラの瞳」という宝石もあった気がする。
どちらも別にもわもわしない。
「サタンの爪」の場合は、「サタン」＝「悪」、「爪」＝「悪」。
つまり、「悪のなかの悪」ってことだろう。

同様に「クレオパトラの瞳」は、「クレオパトラ」＝「美」、「瞳」＝「美」で、「美のなかの美」だ。

でも、「主婦の腿」はなんだろう。

わかりそうで、わからない。

これが例えば「娼婦の乳首」ならわかる。

「エロのなかのエロ」だろう。

ってことは。

そうか。

「主婦の腿」は「曖昧なエロのなかの曖昧なエロ」だ。

「サタン」や「クレオパトラ」や「娼婦」にはない「主婦」の「曖昧」さ。

「爪」や「瞳」や「乳首」にはない「腿」の「曖昧さ」。

これがポイントなのだ。

「悪」や「美」とちがって、「エロ」は突き詰めればいいってものじゃない、という逆転の発想に感銘を受ける。

その証拠に、本格的なエロ本よりも通販雑誌や折り込み広告のなかの下着姿にそそられたりするではないか。

謎は解けた。

もわもわがすーっと晴れていく。

7月26日　逃避

締切の前に限って、まったく関係のないことがしたくなる。

急ぎでも重要でもないこと。

一種の逃避なのだろう。

そういえば昔も、テストの前になると、急に普段はしない部屋の掃除を始めたりしていた。

でも、最近ではその逃避がさらに高度化している。

例えば、今日は絶対に或る原稿を書かなくてはいけない。

既に締切を大きく越えたゾーンに入っているのだ。

編集者は怒っているだろう。
それなのに突然、
「仔猫と仔犬はどっちが可愛いか？」
と考え始めてしまった。
どっちも可愛いよなあ。
でも、どっちかといったらどっちだろう。
試しに「仔猫」で画像検索。
わーん、可愛いーん。
こっちはどうだ、と「仔犬」で画像検索。
きゃー、もふもふー。
駄目だ。
決められない。
そもそも簡単にこっちと云えるような問題ではないのだ。

仕方がない。
それから、動画検索が始まった。

9月30日　かき氷

かき氷屋さんに行った。
今年初めてだ。
冷たい。
おいしい。
でも、かき氷って絶対に零《こぼ》れる。
「かき氷の水たまり」と天使が指さした。

今日も全国的に
よく晴れて、
きびしい暑さと
なるでしょう。
こまめな水分補給を
心がけましょう。

8月1日　シャワー

今日も暑い。
シャワーを浴びる。
が、浴びても浴びてもまだ汗っぽい。
シャワーを浴びながら、手で身体をこすると、ぬるぬるしているのがわかる。
汗が膜をつくって皮膚の表面をガードしているようだ。
しなくてもいいのに。

8月3日　女磨き

インターネットを観る。
いろいろ飛んでいるうちに、「女磨きの心得」という頁に行きついた。

女磨き。
不思議な言葉だ。
昔はなかった気がする。
磨きといえば、靴磨きとか。
床磨きとか。
歯磨きとか。
中身を読んでみる。
こんなことが書いてあった。

★口から「花・香水・ハート」を出す

びっくりする。
手品みたいじゃないか。
男でよかった。

8月5日　ガーグル

「『ガーグル』って云ってたよね」と云われる。

「一回だけでしょう」と云い返す。

「でも、云ったよね」と云われる。

「ううう」と云う。

「グーグル」がまだ出始めの頃、私はそのひとに向かって、自分もパソコンに弱くてよく知らないくせに云ったらしいのだ。

「ガーグルの検索が便利でおすすめ」と。

恥ずかしい。

そう云えば、一瞬、迷った記憶がある。

「あれ？　グ？　ガ？」と。

咄嗟の判断で「ガーグル」が口から出た。

だって、「グーグル」なんて変じゃないか。

そのときは確かにそう感じたのだ。

でも、いったん「グーグル」が世に広まってしまうと変さが消える。

その響きに全く違和感がなくなってしまうのだ。

思えば「ガッチャマン」のときもそうだった。

最初はあんなに変な名前に思えたのに。

「ウルトラマンタロウ」のときも。

他の兄弟たちはみんな「エース」とか「レオ」とか「マックス」とかなのに、どうしてひとりだけ「タロウ」。

日本人じゃないか。

まあ、いい。

済んでしまったことを悔やんでも仕方がない。

でも、早く「グーグル」より強力な検索エンジンが出てくれないと、一生云われそうだ。

困った。
一生って長いよ。
たった一度の過ちなのに。

8月9日　差

ハンバーガー屋の前で立ち止まる。
ポスターに写っているハンバーガーがあまりにもおいしそうだったのだ。
でもな。
見本だからな。
子供でも知っている。
見本と現物はちがうってことを。
あたまのなかでデリシャス感を20パーセントほどマイナスしてみる。

まだまだ、うまそうすぎる。
マイナス30パーセント。
マイナス40パーセント。
うん、大体こんなもんだろう。
まあまあおいしいってところか。
でも、と思う。
具体的にはどこがどうちがっているんだろう、見本と現物。
わからない。
パティ、トマト、レタス、バンズといった具の構成は同じ。
でも、現物には、こんなに生き生きと盛り上がった感じはない。
なんだか、そのしょぼさの方が不思議に思えてくる。
どうして現物ってしょぼいのだろう。
現物なのにしょぼいのは何故。
そういえば、昔のコカ・コーラのCMの中の青春とか凄かった。

ハンバーガーの見本なんてものじゃない。

きらんきらんのうるんうるんのきゃはははだ。

40パーセントどころか２００パーセントくらいマイナスしないと、現物の青春にならないよ。

当社比。

8月9日　キュッパ

夜中にテレビの通販番組を観る。

突然、むらむらと腹が立ってくる。

もう、いいんじゃないか。

いい加減に。

そりゃあ、気持ちはわかる。

わかるよ。

でも、もう、そろそろ、本当に、いいんじゃないか。

イチキュッパとか。

サンキュッパとか。

ゴーキュッパとか。

全てのものの値段が、余りにもキュッパ過ぎやしないか。

2000円でしょう?

4000円でしょう?

6000円なんでしょう?

結局のところ。

それでいいじゃん。

売る方も買う方もお互いにわかってるんだから、この辺ですっきりさせた方がいいと思うのだ。

今なんとかしないと下手したら22世紀までキュッパのままだ。

宇宙人が来たとき、困るよ。

「ドウシテ、モノノ値段ハ全部きゅっぱナノデスカ?」

そう訊かれたら、答えるのが恥ずかしい。
人類の面子にかかわる。
今こそ、端数のない値段革命を。
もしも一週間以内にすっきりした値段をつけてくれたら、
今なら特別に要らないものも買いますよ。
ライト付きルーペとか。
粘土っぽい接着剤とか。
高いところの枝が切れる鋏とか。
めちゃめちゃ良く吸うスポンジとか。

8月11日　リカちゃん

リカちゃん人形についてのニュースを見る。
新たな家族の一員として「だいすきなおばあちゃん」が登場したらしい。
へえ、と思う。
今まで「おばあちゃん」いなかったんだ。
確かペットの犬とかまでいたはずだから、当然いるもんだと思っていた。
念のために公式サイトを見てみた。

◇リカちゃんファミリー
リカちゃん（香山リカ）
パパ（香山ピエール）
ママ（香山織江）

ふたごの妹（ミキちゃん・マキちゃん）
みつごの赤ちゃん（かこちゃん・みくちゃん・げんくん）
おばあちゃん（香山洋子）
オカメインコ（ピーちゃん）
トイプードル（プリンちゃん）
プリンちゃんのふたごの子犬（ライムくん・レモンちゃん）

◇リカちゃんのおともだち（エミリーちゃん・ビッキーちゃん・みゆちゃん・マリアちゃん・さくらちゃん・アリスちゃん・ひなちゃん・レンくん）

壮観だ。

両親の職業やおともだちの将来の夢も「音楽家」「ファッションデザイナー」「ヘアスタイリスト」「メイクアップアーティスト」「トリマー」「トップモデル」「アイドル」と華々しい。

この中では「レンくん」がボーイフレンド的な位置づけなのだろうか。

あれっ、と思う。

たしか以前は「わたるくん」じゃなかったか。

でも、載っていない。

不思議に思って他のサイトを確認したところ、リカちゃんにはこれまでに「わたるくん」「マサトくん」「イサムくん」「かけるくん」などのボーイフレンドがいたらしいことが判明した。

リカちゃんにふられたことによって、彼らは公式サイトから姿を消してしまったのだろうか。

さみしい。

「リカちゃんファミリー」と「リカちゃんのおともだち」以外に「リカちゃんの元カレ」というカテゴリーがあってもいいんじゃないか。

そうすれば夢の華やかさにリアルな切なさが加わって、リカちゃんワールドはいっそう完璧に近づくと思う。

今のままではあまりにも一面的な華やかさでありすぎる。

カタカナ職業の業界にしか憧れないなんて。

「わたし、リカちゃん。趣味は短歌。将来の夢は歌人よ」くらい云って欲しいものだ。

無理か。

無理だ。

8月13日 リカちゃん・その2

リカちゃんワールドのことを考える。

せっかく「だいすきなおばあちゃん」が登場したのだ。

リカちゃん本人は無理としても、せめて彼女を「歌人」にして貰えないか。

リカちゃん、短歌に興味はないの？
あら、またそのおはなし？

おばあちゃんだし。

そう思いつつ、「だいすきなおばあちゃん」の職業を調べてみた。

「フラワーショップ兼カフェのオーナー」

そうですか。

8月15日　リカちゃん・その3

リカちゃんワールドのことを考える。

いっそのこと悪役なども登場させたらどうだろう。

光あるところに影がある。

それによってリカちゃんワールドはリアルな奥行きを増すんじゃないか。

時代を反映したキャラクターとして、元カレで今はストーカーとかどうかなあ。

名前は「みはるくん」。

8月17日　ロンロン

ロンロンとつい云ってしまう。
ロンロンはもうない。
今はアトレ。
でも、私の脳内では未だに吉祥寺の駅ビル＝ロンロンなのだ。
アトレ、アトレ、と呟いて練習しても、ついロンロンと云ってしまう。
そういえば、と思い出す。
あれはいつだったろう。
フジモトマサルさんが云っていた。

「吉祥寺駅の『ロンロン口』って表示をみるたびに『ロンロンロ』って思うんです」

ロンロンロ、なんて可愛いんだろう。
ロンロン口も消えてしまった。
今はアトレ本館口。
切ない。

8月18日　ルールブック

電車に乗る。
目の前に座っているおじいさんが本を読んでいた。
『知っておきたい【あの世】のルール』

びっくりする。
本一冊分もあるのか、「あの世」のルール。
野球並みじゃないか。
おじいさんは、時々、赤ペンで線を引いている。
真面目だなあ。
「あの世」の優等生だ。

8月19日　防人

万葉集の勉強会に行く。
いろいろな資料を読み合って、わからないところは先生が
教えてくれるのだ。

わが妻はいたく恋ひらし飲む水に影《かご》さへ見えて世に忘られず

右の一首は、主帳丁麁玉郡の若倭部身麻呂

私の妻は私をひどく恋しがっているらしい。水を飲もうとすると、その水にまで面影が浮んできて、どうにも忘れられないよ。

難波に向かう旅の途中、飲もうとする水に妻の顔が映る、あるいは映ったと思って、妻はどんなに私を恋しく思っているのか、と思う。当時は、夢に妻や恋人が見えると、その人が自分を恋しく思っているしるしだと思っていたから、水に映れば尚更であったに相違ない。作者は、無論、夢の中でも妻を見ていたはずである。中西進氏は、「当時鏡は高価なもので富裕者か権力者しか持てなかった。鏡を売って馬を買うという歌（三三一四）があるほどだから、いかに鏡が高価だったかわかる。一般人は水を鏡の代わりとした。防人の妻も水に映して装ったであろう。だから、水は愛の記憶とたやすく結びついていた。男性は、実際には何も映っていない水面に、妻の姿を発見してしまうであろう。」といっている。

『萬葉集全歌講義 第10巻』
阿蘇瑞枝著、笠間書院より

千年以上昔の防人歌だけど、気持ちがわかるような気がする。

質疑応答があった。
生徒「防人の対象年齢は何歳から何歳までですか」
先生「二十一歳から六十歳までの健康な男子ですね」

びっくりする。
五十三歳の自分は、もう世界のどこの国でも徴兵される年齢はとっくに過ぎたと思って安心していたけど、防人ならまだ可能性があるじゃないか。

8月20日　防人・その2

防人のことを考える。
あの時代の平均寿命は短くて、六十歳なんてぜんぜんいってないだろう。
つまり、平均寿命を遥かに上回る徴兵制度。
今でいったら「二十一歳から百歳まで」みたいなものか。

8月21日　水族館

水族館に行く。
アシカコーナーの横にこんな札が立っていた。

褒められて伸びるキュートなスミレちゃんです。

僕と似たタイプだ。

8月24日　鳩

夢の中に天使がやってくる。
宙に静止したまま、云った。

「鳩じゃなくてよかった」

どうして、と思いながら目を覚ます。

もし、そこのあなた、落ちてますよ！
なぜオレは鳩語がわかるのだろう。

8月25日　鳩・その2

夢の中に天使がやってくる。

宙に静止したまま、云った。

「汚いよ、って云っても突っついてたの」

何を、と思いながら目を覚ます。

8月26日　鳩・その3

夢の中に天使がやってくる。

宙に静止したまま、云った。

「げろ」

なるほど、と思いながら目を覚ます。
鳩じゃなくてよかった話を語るのに、夢の中では三日かかるんだなあ。
分割されて届くメールのようだ。

8月27日　鳩・その4

夢の中に鳩がやってくる。
地面に舞い降りて、きょときょと首を振りながら、しきりに何かを探しているようだ。
げろ？
ここにはないよ。
天使？
今日はいないよ。

きょときょと、きょときょと。
鳩がこちらに向かってくる。
ぼ、僕はげろじゃないよ。
きょときょと、きょときょと。
天使じゃないよ。
きょときょと、きょときょと。
首が青緑に光っている。

9月4日　蔦屋敷

散歩をする。
蔦に埋もれた家を発見した。
おっ、と思う。
こういう家ってときどきある。
蔦屋敷。
恰好いいような。
不気味なような。
微妙な存在だ。
でも、見回すと隣近所の家には全然蔦がない。
つるつるだ。
どうしてこの家だけが、こんなに蔦に好かれるんだろう。

9月5日　蔦屋敷・その2

寝る前に蔦屋敷について考える。

どうしてあの家だけが、あんなに蔦に好かれるんだろう。

わからない。

でも、こういう可能性はないだろうか。

実は、家という家には必ず蔦が絡むもので、一軒家の住人たちは皆せっせと除去しているのだ。

私はずっとマンション暮らしだったからそれを知らないだけ。

南国の人が雪掻きの苦労を知らないようなもの。

そして、あの家の人は町内一の怠け者なのだ。

蔦むしりをさぼった。

で、覆われた。

いや待てよ。

私だって子供の頃は一軒家に住んでいたことがある。
でも、蔦なんて生える気配がなかった。
もしや、私が知らないうちに、両親がせっせとむしってくれていたのか。
おかげでつるつるの家に住むことができたのだ。

9月7日　蔦屋敷・その3

散歩をする。
蔦屋敷は今日も激しく覆われていた。
蔦むしりをいったい何十年間さぼったらこうなるんだろう。
呆れながら近づいてみる。
あっ、と思う。
この家、新しい！
こんなにも蔦に覆われているから、さぞ古いんだろう、と思っていたが、よく見ると中身は新築だ。

が－ん、となる。

どうしてこんなことが。

9月8日　蔦屋敷・その4

寝る前に蔦屋敷について考える。

蔦屋敷は新しかった。

でも、蔦は本物。

どうしてあんなことが。

考えられる可能性としては、蔦だけ譲り受けたのだ。

別の蔦屋敷の住人から。

昔から不思議に思ってたんだけど、どの町に行っても蔦屋敷ってものは必ず一軒くらいは存在するようだ。

恰好いいような。

不気味なような。

そんな微妙な蔦屋敷に、けれど激しく憧れる人が必ず一定数いるのだろう。

遺伝子のせいか。

食べ合わせのせいか。

理由はわからないが、その人は物心ついたときから蔦に惹かれるのだ。

遊び仲間が都心のタワーマンションや白亜の豪邸に憧れるときも、ひとりだけ薄暗い蔦屋敷に憧れる。

そんな彼は蔦屋敷を見ると、周りをくるくると回ってしまう。


「いいなあ、恰好いいなあ」

「誰じゃ」

「あ、すみません。この蔦が、なんだか恰好いいなと思って」

「ふん、恰好いいか」

「はい、この湿ったもじゃもじゃが」

「ふふ、湿ったもじゃもじゃか。この味がわかるとは、若いのになかなか見る目がおありのようだ」

「ありがとうございます」

「実は、わしも年でな。もうさほど長くもないじゃろう。せっかく絡みついた家に住む者がいなくなっては蔦も可哀想というものじゃ。どうだろう。あんたさえよければ、こいつらを貰ってはくれまいか」


思いがけない申し出を受けてしまった彼は喜ぶというよりも真顔になった。

そして、それまでの自堕落な生活を改めた。

背広を買って就職。

お見合いをして結婚。

定年までの住宅ローンを組んだ。
全ては蔦に相応しい自分になるためである。
そして、とうとうその日がきた。
彼の家が出来上がったのだ。
つるつるの屋根に、壁に、大切な鬘《かつら》のようにそっと被せる。
おじいさんの蔦を。
ニュー蔦屋敷の完成だ。

「おじいさん」

呼び掛けても応える声はない。
この日を待たずして、おじいさんは旅立っていたのである。
でも、空の上から見てくれていることだろう。
嬉しそうに目を細めて。
そして、遥かな未来の或る日。

この蔦屋敷の周りをくるくると回る若者が現れるにちがいない。

「いいなあ、恰好いいなあ」

人は滅びても蔦は滅びない。

受け継がれてゆくのだ。

永遠に。

全部ここから？
よく育ったもんじゃ。

9月10日　楽園

近所に新しいお店ができる。

飲食店らしい。

お店の入り口に、こんなことが書かれていた。

「ようこそ、楽園へ」

「防犯カメラ作動中」

うーん、と思う。

楽園もなかなか世知辛いなあ。

9月12日　進化論

蚊に食われる。

あっ、と思って叩いたら、あっさり血（私の）に染まって、逆に驚く。

いつもなら逃げられるタイミングだったのに。

秋だから、動きが鈍くなっちゃったのかな。

それにしても、と思う。

蚊がぷーんと鳴かなかったら、もっと血が吸えるだろうに。

どうして無音に進化しないのだろう。

不思議だ。

ぷーんのせいで人間に気づかれていることに気づかないのか。

それともどうしてもやめられない事情があるのか。

セクハラをやめれば、もっと女性に好かれるだろう男性が、いつまでも進化しないのと同じ原理だろうか。

でも、蚊たちはぷーんのせいで沢山の命を落としている。

セクハラで命は滅多に落とさない。

セクハラをしたらどこからか大きな掌がぶーんと飛んできて、素早く逃げないとばちんと潰される、という設定だったらどうだろう、と想像してみる。

わー。

9月15日　グリンピース

シュウマイをみたとたん、何かが、閃く。
グリンピースが載ってない！
載ってた、昔、グリンピースが、必ず、シュウマイには。
そうだ。
でも、目の前のシュウマイには何にも載ってない。
そうか。
そういうことか。
ここは「そういう世界」なのだ。

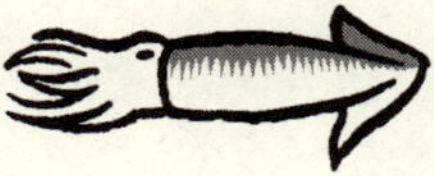

家族も友人もインターネットで誰かに訊いてみても、グリンピースが載ったシュウマイなんてみたことがないのだろう。

でも、私が元いた世界では確かにシュウマイにはグリンピースが載っていた。

何故、そのことを忘れていたのか。

否。

忘れていたのではない。

次元警察の手によって記憶を消されていたのだ。

ジジジジジジジ。

よせ、やめろー。

ジジジジジジジ。

うわーっ。

そして、私はこの平和な世界に島流しにされたのだろう。

だが、彼らの手術も完璧ではなかった。

複雑な記憶回路のなかに、一点だけ、元の世界の痕跡を残してしまったのだ。
なんという偶然か。
私はそれに気づいてしまった。
グリンピースが載ってない！
ここは私のいるべき世界ではないのだ。
濃い霧が晴れるように私は私の世界のことを思い出していた。
両親、恋人、そして使命のために全てを懸けて次元警察と戦っていた仲間たち。
帰ろう。
帰らなくては。
血と硝煙と祈りにまみれたあの世界へ。
嗚呼、でも、ただひとつ、心残りがある。
この世界の妻のことだ。
彼女には申し訳ない気持ちでいっぱいだ。

だが、仕方がない。
だって、思い出してしまったんだから。
かつての仲間たちは、今このときも次元の裏側で戦っているにちがいない。
私だけが平和な世界でのんびりおやつを食べていていいはずがない。
真実を、告げなくては。
すまん。
妻よ。
そのとき、玄関のドアが開く音がして、ちょうど彼女が買い物から帰ってきた。
「あ、ひとりでいいもの食べてるね」
いつもの声。

いつもの雰囲気。

私は心のなかで涙を流しながら、買い物を冷蔵庫に入れている妻に向かって、さりげなく声をかける。

「グリンピースが載ってなかったんだ」

「え、なーに」

「シュウマイに、グリンピースが載ってなかったんだ」

私の声は強ばっていたかもしれない。

ちょっと不思議そうに、妻が云った。

「そういえば最近のはあんまり載ってないね」

あれ？

9月19日　エレベーター

エレベーターに乗る。

「定員19名　積載量1250kg」

の文字が目に入った。

携帯電話の電卓で計算してみる。

一人当たり約65kg。

意外に軽い設定に驚く。

男だけなら定員まで乗れないじゃないか。

エレベーターは前提として男女共学だ。

9月21日　エレベーター・その2

エレベーターについて考える。

日本相撲協会とか。

力士会館とか。

横綱クラブとか。

相撲部屋とか。

相撲部屋の寮とか。

よくわからないけど、そういうところのエレベーターは一人当たりの体重設定がちがうのかなあ。

9月25日　ダブルクリップ

ダブルクリップで書類を挟む。

ふとみると、大きいクリップで薄い書類を、小さいクリップで厚い書類を挟んでいた。

なんとなく気になる。

でも、わざわざ外して入れ替える気力が出ない。
そうしたところで世界は全く変わらないといえば変わらない。
別にいいじゃないか。
このままで。
挟めてるんだから。

9月28日　ダブルクリップ・その2

神様が沢山の天使を連れて、私の部屋に来る。
元々狭い六畳間は、透明な連中でぎゅうぎゅう詰めだ。
天使たちは、ところどころ重なり合っているようだ。
神様「この部屋に間違いがあります、どこでしょう？」
天使たち「……」

神様「わからないかな？」
天使たち「……」
神様「ほら、机の上をよくみて」
天使Ａ「あ！」
神様「わかった？」
天使Ａ「はい」
神様「云ってご覧」
天使Ａ「この人間は、大きいクリップで薄い書類を、小さいクリップで厚い書類を挟んでいます」
神様「正解」
天使たち「（拍手）」
私には何もみえないけれど。
気配でわかるのだ。

10月2日　スマートフォン

携帯電話をスマートフォンにする。
しゅっと画面をこするのに憧れていたので嬉しい。
しゅっ、しゅっ、しゅっ。
あれっ、と思う。
しゅっ、しゅっ、しゅっ。
反応が鈍い。
しゅっ、しゅっ、しゅっ。
真剣にこすっても、3回に2回は無視されてしまう。
しゅっ、しゅっ、しゅっ。
妙だ。
馬は人をみて態度を変える、という話を思い出す。
馬じゃないけど。

10月4日　スマートフォン・その2

相変わらずスマートフォンの反応が鈍い。

おかげで、しゅっ、しゅっ、しゅっ、と口で云いながら、画面をこする癖がついてしまった。

弱いのに強がっているボクサーのようだ。

乗馬技術のない乗り手がいくら強く命令しても、馬はちゃんとそれを察知して、ふん、という態度をとるらしい。

スマートフォンが命令を無視する場合には、こすり手の何を察知しているのだろう。

技術？

知識？

年齢？

まさか、おしゃれ度？

そうなのか。

服装も髪型も眼鏡も昭和みたいなおまえはジーコジーコと
黒電話のダイヤルでも廻してろ、と?

10月7日　裏

鏡で舌の裏をみる。
うっ、となる。
何か、気持ち悪い。
濡れた配線みたいなのがごちゃごちゃ。
これで合ってるんだろうか。
判断できない。
正しい舌の裏というものがわからないから。

うっ！

10月12日　ベルト

ベルトを買う。

締めてみる。

恰好いい。

でも、一点だけ問題がある。

バックルの部分に、デザイナーの名前が黒く記されているのだ。

これ嫌だなあ、なんとか取れないものか、と迷いながら、とうとう消しゴムをかけ始める。

こすってもこすってもなかなか文字が薄くならない。

消しゴムの四分の一くらい使っても、まだ半分も消えていない。

焦る。

やっぱりよせばよかったか。

こんな小学生みたいなこと。

でも、もう遅い。

いったんやり始めたら最後までやり抜くしかない。

バックルにデザイナーの名前があるベルトよりも、バックルにデザイナーの名前が消えかかっているベルトはさらに恰好悪いのだ。

しかし、しぶとい文字だ。

心が折れそうになる。

本物の小学生だったら間違いなく投げ出していただろう。

低学年ならお母さんに泣きついたかもしれない。

でも、私は大人。

母ももういない。

大人、大人、大人と念じながら、なんとか最後までやり遂げた。

消しゴムの半分以上が消え、辺りにはカスが散らばり、バックルは激しく熱を持っている。
私は考えた。
このベルトのこの文字を消しゴムで消した男は日本に何人いるだろう。

10月15日 貯金箱

五百円玉貯金をする。
硬貨を入れた瞬間、あっ、と思う。
五百円玉と一緒に一円玉を入れてしまった。
しまった。
でも、もう遅い。
五百円玉貯金の純潔が……。
どうしよう。
もういっそのこと、百円玉や十円玉や五円玉や五十円玉も入れてしまおうか。
五百円玉貯金箱改め今日からはただの貯金箱。
待て。
落ち着け。
自棄を起こすな。
貯金箱を抱えてざっくざっくと振ってみる。
そうだ。
過ちは誰にでもある。
野良犬に噛まれたと思って忘れることにしよう。
ざっくざっくざっく。
大丈夫。
君はまだ五百円玉貯金箱だよ。

10月17日　半分

知ってる犬というものがある。

柴犬とかプードルとか。

初めてみる犬というものもある。

針金みたいに痩せてるのとか皮がめちゃめちゃ余ってるのとか。

でも、その中間もあるような気がする。

例えば、知ってる種類なんだけど妙にサイズが大きくて、拡大コピーされたように思えるもの。

或いは、知ってる種類なんだけど妙にサイズが小さくて、縮小コピーされたように思えるもの。

それ以外に、最近よくみるのは「半分だけ知ってる犬」だ。

顔や胴体は確かに覚えのある種類なんだけど、脚だけが妙に短くてお腹を地面にこすりそうなのだ。

上半身は知ってるけど下半身は知らない。

あの犬をみるたびに、北大の同級生だったスズキの卓袱台を思い出す。

或る日、彼の部屋に遊びに行くと、「半分だけ知ってる卓袱台」があったのだ。

あ、これ、知ってる、いや、知らない、いや、わからない、と混乱した。

卓袱台の正体は、ずっと置かれていたテーブルの脚をスズキが切ってしまったものだった。

10月19日　鳩サブレー

鳩サブレーを食べる。

やはり頭がおいしい。

10月21日　ポムポム

喫茶店に行く。

メニューに「ヨーグルトポムポム」というものがあった。

「ポムはフランス語の『林檎』です」と記されている。

おいしそう。

これがいいな。

でも、と思う。

ひとつ問題がある。

注文するのが恥ずかしいのだ。

ヨーグルトポムポム。

いくら「ポムはフランス語の『林檎』です」と云われても、五十三歳の日本人男性としては、口にするのにちょっと抵抗がある。

それにポムは一回でいいのでは。

ヨーグルトポムなら云える。

ポムポムにしたために、ぐっとハードルが上がってしまった。

などと思いながら、もう一度メニューを眺める。

やはり、これしかなさそうだ。

このヨーグルトなんとか、とか、このヨーグルトのやつ、とか云えばいい。

せっかく名前があるのに失礼だろうか。

相手がアルバイトのウエイトレスなら云いやすい。

でも、カウンターの向こうには店主らしい男性がひとりいるだけ。

いかにも拘りのありそうな髭をしている。

この人が名づけ親だろう。

うーん。

仕方ない。

意を決して頼むことにした。

ほ「すみません」

店「はい」

ほ「あの、カフェオレと、あの、ヨーグルトポムポムを」

店「はい、カフェオレとヨーグルト、ですね」

む、と思う。

この男、復唱から逃げたぞ。

自分でも恥ずかしいなら、そんな名前、つけるなよ。

さあ、云ってみろ、その髭の中の口で。

ポムポム。

10月24日　完熟バナナ

夜、散歩をする。

壁に大きく「完熟バナナ」と書かれたビルがあった。

「？」と思う。

バナナ屋さんの倉庫だろうか。

でも、普通は看板を出すものじゃないか。

壁に直接大書するとは。

恋人の名前を躰に刺青するような心意気だろうか。

このビルには「完熟バナナ」以外のものは金輪際入れないぞ的な。

そう思うと挑戦したくなる。

「青林檎」を頭に載せて突入だ。

10月26日　人工衛星

人工衛星が落ちてくるらしい。
打ち上げた国がなんだか堂々と発表している。

ええ、落ちますよ。
でも、人間にぶつかる可能性はとても少ないです。
まして、「あなた」に当たる確率ときたら、そりゃもう。
ははは。

え、知りたいですか、確率。
ほんと低いですよ。
宝くじに当たる方がずっと簡単。
それでも気になるって。
自意識過剰だなあ。
ま、どうしても知りたいなら教えてあげますけどね。

俺の頭上に人工衛星が落ちない可能性はどのくらいだろう。

難しい計算だから「あなた」にわかるかなあ。

と云われているような気がする。

感じ悪いなあ。

ごめんなさいは？

10月27日　人工衛星・その2

落ちてくる人工衛星を避ける練習をする。

自己流だけど。

10月28日　主人公

「アタック№1」を観ていたら天使が来る。

「主人公だね」

鮎原こずえを指さして、天使が云った。

「当たり。どうしてわかるの」

「目」

「目？」

「主人公の目だもん」


なるほど。

そういえば彼女の目は他の登場人物に比べて格段に豪華だ。

親友の早川みどりはちょっと豪華。

その次が他のレギュラー部員たち。

それから観客席の一般生徒。

脇役になればなるほど、目が単なる点や線に近づいてゆく。

10月30日　主人公・その2

「ムーミン」を観ていたら天使が来る。

「主人公？」
「うん、ムーミンだよ」

目ではわからなかったんだな、と思う。
鮎原こずえと違って、ムーミンのは特に豪華じゃないから。
天使がムーミンをじっとみる。

「裸じゃん」

確かに。

11月2日『接吻の變遷』

近所の古本屋で『接吻の變遷』という本を発見する。
昭和六年に日々書房から発行されている。
蚊川春水著。
変な名前だ。
目次にはこんな項目が並んでいる。

・接吻の起り
・接吻の擴まり
・キッスに二種あり
・同性接吻
・接吻の完成
・接吻の遊戯と競技
・蛸の接吻

レジにもっていった。

11月3日『接吻の變遷』・その2

『接吻の變遷』を読む。

「はしがき」に、こんなことが書かれていた。

讀者の接吻に對する知識を裕富にされんことを望むと共に、この書を大衆の俗受けを狙ふ單なるエロ本と同一視さるることなくば幸ひである。

なるほど。

だが、最後の頁には発行者によるこんな文章が載っていた。

本書は單なるエロ本ではないと信じて完璧を期したかつたのですが、組版完了後、誠に遺憾ながら第三章第一節半ばより同章第二節全部第三節半ば頁數にして二十四頁を削除せざるを得なくなりました。この點讀者並に蚊川先生の御寛恕を乞ひます。

「單なるエロ本ではないと信じて」というところに味わいがある。

結果的には、「單なるエロ本」じゃないけどちょっとエロ本ってことになってしまったらしい。

ちなみに、該当削除箇所を開いてみると、こうなっていた。

「現代の性生活」の著者イワン・ブロックは言ふ。「……
…………、………………………、
…………………………、…………………
…………」と。

全然わからない。

「イワン・ブロック」は、昭和六年の日本では一文字も許されないことを云ったんだなあ。

時々「、」が入ってるのが虚しさを募らせる。

11月4日『接吻の變遷』・その3

『接吻の變遷』の「……」にされていないところを読む。

女性の接吻の度合の判定は、普通彼女の齒を見ればわかる。この新發見はフロイドの賜物である。彼の說によると、突出した齒並は、美學的に見ては瑕瑾たるをまぬかれぬが、同時に又、強い情慾の表看板でもある。彼女のこんな齒並は、幼少期に乳離れが遲かつたり、指などもしやぶりつゞけて來たので、他人並よりも前へ突き出て來たのである。この幼少の折のしゃぶり癖が、青春期に烈しい性情となつて現れて來る。として、玉に瑾《きず》ともいふべきこの缺點は、彼女の烈しい情熱によつて償はれるのである。

なにやらとんでもないことを云っているようだ。ちなみに、この文章は次のように結ばれている。

出齒の女性は自分の姉よりも早く異性を求める。よしんば姉の方が、ヴィナスの如き曲線の持主であらうとも。

昔って……。

11月8日　読書

ベッドで本を読む。
ちっとも眠くならない。
不思議だ。
いつもの私ならベッドで本を読むとたちまち眠ってしまうのに。
今日は何故だかすいすい読める。
さては、と思う。
ここはもう夢の中だな。
現実の私は今頃ベッドの中で「うーん、むにゃむにゃ」とか云ってるんだろう。
顔の横に読みかけの本を転がしたまま。
駄目だなあ、現実の私。
まあ、いいや。

あっちはあっち。
こっちはこっちだ。
続きを読もう。
目が覚めたらみんな忘れてるんだろうけど。
もしかしたら覚めないかもしれないから。

11月10日　うんうん

お肉屋さんでお肉を300グラム買う。

秤の向こう側からお店のおばさんに尋ねられた。

「この一枚を載せないと280グラム、載せると310グラムになっちゃうけど、どうします？」

一瞬迷いながら、

「載せてください」

と応える。

すると、周囲のお客さんたちが一斉にうんうんと頷いてくれた。

心強かった。

11月14日　蛇口

校庭の隅に列んだ蛇口を全部空に向けたことを思い出す。

11月16日　ブルマ

ブルマがもう穿かれていない、と教えられて驚く。

「何時なくなったんですか」

「もう随分前ですよ」

全然知らなかった。

11月18日　飲み会

飲み会に出る。

その席で私は発言した。

「知ってた？　ブルマってもう今はないんだって」

みんなは顔を見合わせて、それから吹き出した。

「またまた」

「そんなあ」

「ドラゴンボールのブルマが意味不明になっちゃうよ」

そうか。

そうだよなあ。

だんだん自信がなくなってくる。

11月20日　ユンケル

風邪っぽい。
薬局に行って栄養ドリンクを買おうとする。
種類が多すぎて迷ってしまう。
同じユンケルでものすごく値段に幅があるのだ。
数百円のものから、なかには四千円を超えるものもある。
これで効かなかったら買った人は激怒するだろう。
でも存在する。
ということは、効くにちがいない。
そう考えて、思い切ってレジにもっていった。
パッケージが無駄に大きく、蓋も二重になっている。
本体は普通のユンケルと変わらない。

キリッと蓋を捻って、ちゅぴっと口をつける。
ごくっ（これで、もう３００円くらいか）。
ごくごく（８００円、１２００円）。
ごくごくごくーっ（１７００円、２５００円、３８００円）。
ごくっ（４０７８円消費税別）。
はああ。
どきどきしている。
風邪にはいいかもしれないけど、心臓に悪い。
タクシーのメーターみたいな飲み物だ。

11月22日　紙

近所のカフェに行く。
トイレで手を洗って拭こうとしたとき、うっ、と思う。
お手拭き用の紙が、あれだったのだ。

一番よく効く強壮剤を二千円分ください。
このスプーンに1.2杯分になりますがよろしいですか?

あれとは、紙が積んである方式のこと。
一気に緊張が増す。
この置き方、最近よくみる。
ぴろんと出ているのを抜き取るより、静かに積んである方がお洒落なのかなあ。
でも、私はこれをうまく取れたことがないのだ。
洗った手で一番上のを取るときに、必ず、次の一枚も濡らしてしまう。
ほんの数滴。
でも、その跡は隠しきれない。
再チャレンジ。
慎重に、慎重に。
そー。
あ。
失敗だ。

これでは永遠に続いてしまう。

仕方なく水滴の跡をそのままにして出てくるのだが、次の人に汚いと思われないかとびくびくする。

でも、今、目の前にある紙の束には一滴の水跡もない。

いつもこうなのだ。

自分が使うときには、水滴が落ちているのをみたことがない。

ということは、私以外の人は、全員ちゃんとできているのだ。

一枚目を濡らすことなく一枚目だけを取ることが。

どうして。

どうやって。

見学したい。

11月23日　小銭処理法

鞄や洋服のあちこちから小銭が出てくる。
そういう病気なのだ。
嘘。
本当はお店のレジですぐにお札を渡してしまうからだ。
きちんと小銭を数えて出すのが苦手なのだ。
だって、その時間は私の責任。
背後にお客さんが列《なら》んでいたりすると無言の重圧に耐えられない。
でも、お札を渡せば私の責任タイムは終わり。
今度は店員さんの番だ。
私は待っているだけでいい。
ただ、この作戦にはひとつ問題がある。
どんどん小銭が溜まるのだ。

そこで定期的に処理をする必要がある。

具体的には、小銭を駅にもっていって券売機でSuicaにチャージする。

完了したら沢山の小銭が消えてすっきり。

魔法のように、一枚のカードに吸い込まれたのだ。

でも、この作戦にもひとつ問題がある。

じゃらんじゃらんじゃらんじゃらんじゃらん、と小銭を投入しているとき、背後にお客さんに列ばれると困るのだ。

レジの場合の数倍の殺意を感じる。

11月29日　フリース

寒い日。

フリースを重ね着する。

フリースは暖かい。

でも、重ね着すればするほど暖かい、というわけではないようだ。

２枚着れば2倍暖かいとはいかない。

私の体感では、１枚目のフリースの暖かさを１００とすると、２枚目は50、３枚目は25と半分ずつになってゆくようだ。

でも、試しに3枚目のフリースを最初に着てみたら、ちゃんと１００暖かいから面白い。

自分が何枚目かわかってるんだ。

11月30日　毛布

不要になった洋服や毛布を処分しようと思い立つ。

自宅にモノが多すぎるのだ。

インターネットで寄付できる先を探そうとしていたら、天使が教えてくれた。

「象が毛布を欲しがってるよ」

「?」と思ったけど、ネットで確認してみたら、本当にそれらしき告知があった。動物園の象たちが寒がっているらしい。毛布を贈ると、ちゃんとお礼の葉書も届くそうだ。

象からの葉書、欲しいなあ。

想像しただけでどきどきする。

よし、贈ろう。

「中に綿が入ってるのは食べちゃうから駄目だって」

そうか。

気をつけるよ。

12月1日　メール

ファンメールが届く。
私はＡＢ型なのですが、ほむらさんは何座ですか。
と書いてあって、落ち着かない気持ちになる。
なにか、ずれてないか。

12月2日　メール・その2

「すいません……」ってタイトルのメールが届く。
何を謝ってるんだろう、と思って開いたら、
ルイ・ヴィトンのスーパーコピー！

コピーといっても、本物とうりふたつ！
誰にも区別ができません！

急にテンションが上がって驚いた。
全然謝ってないよ。
むしろえばってる。

12月4日　メール・その3

「わけありの蟹がお買い得！」ってタイトルのメールが届く。
「わけありの蟹」？
どんな蟹だろう。
いろいろ想像してしまう。
脚が……。
色が……。

すみません。わけを聞かずに一晩泊めてもらえませんか？
いいけど、布団は一組しかないよ。

鋏の代わりに……。
正当防衛とはいえ過去に人を……。
メールを開くのがこわくなる。

12月6日　メール・その4

「わけあり明太子、たっぷり5キロ！」ってタイトルのメールが届く。
うーん。
今度は明太子か。
蟹よりもわけありが想像しにくい。
正当防衛とはいえ過去に人を……。
でも、いったいどうやって。
そんな奴らがたっぷり5キロ。

12月8日 俳句

句会に参加することになった。
でも、季語のことをまったく知らないので歳時記を開いた。
解説を読むと面白い。
例えば、「雪達磨」について。

こぶし大に固く丸めた雪の玉を雪の上に転がしていくと、しだいに大きくなっていく。それを二つ（下は大きめ）重ねたものに炭や炭団《たどん》などで目鼻をつけるとできあがる。
『今はじめる人のための俳句歳時記』より

「下は大きめ」ってところがいい。
ちなみに「雪兎」については、こうなっていた。

雪で作った兎。目には南天の実を用いる。
南天、そうか、赤いから。
でも、これだと目のことしかわからないなあ。
耳はどうするんだろう。

12月9日　肩と肘

友達と話す。
ほ「五十肩になっちゃったよ」
友「痛いの？」
ほ「夜中に寝返りを打つと目が覚めるくらい痛い」
友「大変だね。僕もテニス肘になったよ」
ほ「テニスするんだっけ？」

友「ううん、一度も」
ほ「なのに『テニス肘』？」
友「病名だからね。実際には通勤鞄が重くてなったんだけど」
ほ「なんかずるいなあ」
友「どうして？」
ほ「だって『五十肩』と『テニス肘』じゃイメージがちがいすぎるよ。僕のはおじさんの老化現象で、君のはスポーツマンの負傷みたいじゃないか」
友「そうか」
ほ「そっちも『五十肘』にしようよ」
友「いや、そっちを『ラクロス肩』にしよう」
ほ「え、いいの？」
友「うん」
ほ「ラクロスなんてやったことないよ」

友「僕だってテニスしたことないよ」
ほ「そうか。ありがとう」
友「どういたしまして」

12月11日　肩のその後

肩が痛む。

びりびりする部分に手を当ててさすりながら、でも、「ラクロス肩」と思って、ちょっとうっとりする。

この肩じゃ、もうプロは無理だな。

馬鹿だなあ、そんな顔するなよ。

お医者が云うには、しっかりリハビリすれば、普通に生活する分にはなんの支障もないってさ。

ほんというと、だいぶ前から、いつやめようかいつやめようかってずっと考えてたんだ。

おまえにも苦労ばかりかけてしまうしな。

これですっきりした。

これからは二人で静かに楽しくやっていこう。

だからほら、もう泣くなよ。

12月14日　盲導犬

電車に乗る。
背後からこんな声がきこえてきた。
「あたし、以前は盲導犬だったんです」
思わず振り向いてしまった。
少し離れたところに女性が二人。
どちらも立派な人間だ。
が、彼女たちのうちのどちらかはかつて犬だったのだ。
A「えっ？　ほんとに」
B「はい」
A「見えないねー」

B「ええ、よく云われます」

ほんとに見えない、とてもそんな風には、と私はBさんをそっとみつめる。

そして、会話の続きをきくために耳をぴんと立てた。

ところが、あとはファッションの話になってしまった。

どうして、とAさんを恨めしく思う。

もっとその件を追及してくれないのか。

ファッションなんてどうでもいいじゃないか。

どんな盲導犬だったのか。

どうやって人間になったのか。

目の不自由な御主人をおいてきてしまってよかったのか。

後悔してないか。

もっともっと突っ込んできくべきだ。

心の中で抗議する。

なんなら僕が、と思い始めたとき、ふっと気がついた。

「モード系」か。

12月17日　はらぺこあおむし

翻訳家の金原瑞人さんからメールが届く。

「中国語版の翻訳絵本を買いました」という内容で、その画像が添付されていた。

見た瞬間にエリック・カールの有名な作品だということがわかる。

が、タイトルをみてぎょっとする。

「非常飢餓的毛毛蟲」

日本語版では確か「はらぺこあおむし」。

ずいぶん印象がちがう。
まあ、国がちがうからなあ。
にしても、「毛」が一個多くないか。

12月19日　漢字の算数

毛虫＋毛虫＋毛虫＝毳蟲

12月20日　城

松本城を訪れる。
天守に小さな窓が沢山あった。
ここから鉄砲を撃って、ここから矢を射たんだな、と思ってどきどきする。
狭い階段を天辺まで登って降りてきた。

普段運動していないのできつかった。
足がぶるぶるだ。
出口にはこんな注意書きがあった。

「再入城はできません」

一瞬、えっと思う。
いや。
何にもおかしなことはない。
むしろ正しい。

12月21日　穴

毛布に足の親指が入る。
夜寝ようとしてくるまったとき、何かの拍子にすぽっと入ってしまった。
あれっと思う。
穴が開いちゃったのか。
もう何年も使ってるからなあ。

12月22日 穴・その2

明るい光の中で毛布を確かめてみる。
穴はなかった。
どこにも。
きれいなものだ。
おかしいなあ。
だが、夜、また入ってしまった。
すぽっと。
穴はなかったのに。

わからない。

僕の足の親指はいったいどこに入ってるんだろう。

このまま眠っても大丈夫だろうか。

嘗められたり、齧られたり、祀られたり、飾り付けられたりしないかなあ。

向こう側で。

12月23日　さすが

仕事で京都を巡る。

電車の中でぼんやりしていると、アナウンスが流れてきた。

「神仏を見かけた方は駅係員までご連絡ください」

さすが京都。

さすが。

12月26日　推敲

美容院に髪を切りに行く。

と一行目を書いたところで、あれ、と思う。

なんか、ちがう。

髪は切りに行かないよ。

正確にはそうじゃなくて。

美容院に髪を切られに行く。

うーん。

なんか変だ。

合ってるのに。

12月28日　推敲・その2

原稿を書く。

出来上がった文章を読み返していると、

「お嬢ちゃんとお坊ちゃんが通う学校」

という表現が目に留まった。

「お嬢ちゃん」という云い方が微妙に気になる。

「お嬢さん」いや「お嬢さま」の方がいいか。

そう思って、直すことにした。

「お嬢さまとお坊さまが通う学校」

あれ、と思う。
なんか、ちがっちゃった。
通わないよ、「お坊さま」は。

12月30日　熱

ふらふらする。
熱を計ったら37度8分。
さらにあがりそうな雰囲気だ。
一緒に年越しをするつもりだった実家の父に電話して謝る。
ほ「ごめん、今日、行けなくなった」
父「熱か？」
ほ「え、なんでわかるの？」

父「俺もお前くらいの時、暮れに必ず熱出してたからな」
ほ「そうなの」
父「遺伝だ」

そんな遺伝あるのかなあ。

12月31日　歌合戦

熱でふらふらしながら、紅白歌合戦を見る。
知らない歌手ばっかりで驚く。
時代についていけてないなあ。
でも、私のような人はけっこういると思う。
そんな視聴者のために黒白歌合戦というのはどうだろう。
忌野清志郎とか藤圭子とか大瀧詠一とか、亡くなった歌手ばかりが出演するのだ。

「雨あがりの夜空に」が、「新宿の女」が、「君は天然色」が、もう一度きけるなんて夢のようだ。

他にも、尾崎豊とか浅川マキとか坂本九とか笠置シヅ子とか榎本健一とかマイケル・ジャクソンとかジョン・レノンとかマリア・カラスとかエルビス・プレスリーとかマリリン・モンローとか。

凄い。

凄すぎる。

白組は天国にいる人。

黒組は地獄にいる人。

紅白なんか吹っ飛ぶイベントだ。

1月3日　ニューヨーク

ニューヨークに行く。

雪景色のセントラルパークを歩いていたら、キスする男女に向かって子供がカメラを向けていた。

どうやら家族らしい。

外国だなあ、と思う。

日本ではお父さんとお母さんのキスを子供が撮影したりしないから。

1月4日　ニューヨーク・その2

昏々と眠る。

普段は一日に百人以上の外国人をみることなんてないから、脳が疲れたのだ。

1月6日　解説者

テレビで「春の高校バレー」を観る。

スポーツの解説者には二種類あると思う。

ひとつは中立的な視点から選手のプレーや心理を冷静かつ具体的に説明してくれるタイプ。

もうひとつは双方の選手に感情移入してプレーのたびにテンション高く一喜一憂するタイプ。

今日の解説者は典型的な後者だ。


「ナイススパイク！

難しいところから良く決めた！

ほら、喜んでる！

ぺろっと舌出して！」

「ぺろっと舌出して」がいい。

そこはプレーじゃないし、解説されなくても、観ればわかるけど。

1月8日　カラーボール

銀行に行く。

窓口の横にカラーボールが置いてある。

おっ、と思う。

強盗などが来たら、あれを犯人に投げつけるんだな。

でも、咄嗟の、しかも極限状態で、そんなにうまく当てられるものだろうか。

それよりも、足下のボタンを踏むと天井からざーっとカラー液が落ちてくる、とかの方が確実じゃないか。

ただ、一般のお客さんも頭からかぶっちゃうな。

フロアの後かたづけも大変だ。

そうか、と思いつく。

もしかすると、銀行には通常の社員採用枠とは別に、カラーボール採用枠があるんじゃないか。

元高校球児とか元大学野球の選手の中から、プロ野球には進まずに一般企業を志望する者を採用するのだ。

面接官「弊行を志望された動機を教えていただけますか?」

志望者「はい。自分の強肩が生かせる職場は御行しかない。そう考えて志望しました」

どうだろう。

いや、いくら強肩でもそれだけでこのご時世に新卒を採用するだろうか。

案外、引退した元プロ野球選手を雇っていたりして。

それなら嘱託扱いでいい。
元プロ選手採用に積極的なのは、メガバンクよりも地域密着型の地方銀行だろう。
元広島カープの北別府学が広島銀行へ、とか。
元阪神タイガースの江夏豊が関西アーバン銀行へ、とか。
ありそうなことだ。
老いたりといえども、日本プロ野球名球会入りの２００勝投手たちである。
「青い稲妻」松本匡史や「盗塁キング」福本豊の俊足と競ってきた男たちだ。
素人の銀行強盗くらい簡単に刺してしまうにちがいない。
逃げようとする犯人たちの背中に、カラーボールをビューン。
ドーン。
おー。

バーン。
おー。
スパコーン。
おー。
ククッ、ドーン。
おー。
今のスライダーじゃなかったですか。
ええ、落ちましたね。
さすがにキレがちがいますな。
フワッ、ポーン。
おー。
ははは、チェンジアップだ。
余裕ですな。
わーわー。
ドンドン。

地元のお客さんは大喜び。

懐かしさに涙ぐむ年輩男性もいる。

私だ。

1月11日　ポストの謎

駅前に郵便ポストがある。

その口に片手を突っ込んだまま、もう片方の手にもったスマホをじっと見つめている男性がいた。

「？」と思う。

こっそり見ていたら、しばらくそのままの状態が続き、やがて、その人はポストからすっと手を抜き出した。

手紙の投函を完了したらしい。

うーん。

どういうことなんだろう。

・可能性その1　投函のタイミングを正確に計っていた

でも、例えば正午ぴったりに投函とかって、メールなどとちがって全く意味がないだろう。回収時間は決まってるんだから。

・可能性その2　TSUTAYAのDVDの郵便返却を利用しようとしているが、このポストからあの店までこれくらいの時間がかかるとしてぎりぎり間に合うかな。でも、もし駄目だったら延滞料金がいくらかかるから、それならこのまま自分で店まで行って返却した方が、電車賃がこれだけで済むから安いかな。という複雑な計算をしていた

いや、そこまで若者には見えない。

・可能性その３　ラブレターを出す勇気を得るために、スマホの待ち受け画面にした相手の写真を眺めていた

小百合ちゃん、やっぱ可愛いな、好きだ、大好きだなあ、

パッ（ラブレターを放す音）。

って、あり得るかもしれないけど、でも、あんなにぎりぎりでそんなに迷うかなあ。

・可能性その４　実はあの人は郵便屋さんで、スマホで童謡「やぎさんゆうびん」の動画を見ながら、ポストの中でこっそり飼っている山羊に手を嘗めてもらっていた

ぺろぺろ。

おお、おお。

ぺろぺろ。
おお、おお。
ぺろぺろ。
おお、おお。
ふう。
今日もよかったよ。
そうだったのか。

1月14日　ポスター

散歩をする。
町内の掲示板に貼られたポスターが目に留まった。
こんな言葉が記されている。

若者よ蛇をとれ！

どうして若者が蛇を、と不思議に思う。
町内の子供や老人が咬まれないように守るのだろうか。
しばらく見つめていて、気がついた。
舵か。

1月16日　ポスター・その2

散歩をする。
町内の掲示板に貼られたポスターが目に留まった。
こんな言葉が記されている。

　おにぎり教室「にぎにぎ」

へえ、と思う。
おにぎりにも教室があるんだ。

　初めてのあなたにもにぎれます

混乱する。
そう云われるまでもなく、にぎれるものと思っていた。

でも、考えてみればお鮨屋さんには厳しい修業がある。

おにぎりなら誰でもにぎれると思うのは、おにぎりに失礼だったかもしれない。

「にぎにぎ」か。

…………。

でも、にぎれるんじゃないかな。

1月18日　バイバイ

散歩をする。

下校中の男子高校生が二人いた。

「じゃあな」

「うん、またな」

「バイバイ」

「バイバイ」

「試合の結果わかったらメールするよ」

「メールしたら殺す。録画してるんだから」

「うきゃきゃきゃ。メールするよ」

「したら殺す」

「するよ。バイバイ」

「殺す。バイバイ」


若いな、と思う。

仲良しだ。

サッカーか。

1月21日　バスローブ

出張に行く。

ホテルでお風呂に入った後、バスローブがあったので着てみた。
胸のところにこんな文字が書かれていた。

バスローブ

えっ、と思う。
本体にそう書かれなくてもわかるけど。

1月22日　バスローブ・その2

引き続き出張。
「バスローブ」と胸に記されたバスローブを着て、全てのモノに名前が書かれたホテルを想像する。

スリッパに「スリッパ」。
電話に「電話」。
ポットに「ポット」。
湯呑に「湯呑」。
便器に「便器」。
トイレットペーパーに「トイレットペーパー」。
壁に「壁」。
床に「床」。
廊下に「廊下」。
フロントに「フロント」。
フロントの人に「フロントの人」。

あ、本当に書かれてるモノがあった。

非常口に「非常口」。

非常口
火事だ!!
逃げろーっ。

1月23日　痩せた?

久しぶりに会ったAさんに、

「あれ?　痩せた?」

と云われる。

「え、痩せてないよ」

と答えながら、ちょっと嬉しく、でも怪訝な気持ちになる。

だって、痩せてない。

むしろ太っているのだ。

でも、前回Aさんと会ったときは、もっと太ってたのかもしれないな。

1月24日　痩せた？・その2

Bさんに、

「ちょっと痩せた？」

と云われる。

「いや、おんなじかむしろ太った」

と答えると、

「そうか、痩せたかと思った」

と云われた。

妙だな、と思う。
それとも自分で気づかないうちに痩せているのか。
でも、体重計の数値が減ってない。
体重計も気づかないうちに痩せている？

1月27日　痩せた？・その3

Cさんに、

「痩せたんじゃない？」

と云われる。
三人目だ。
ふーむ、と思う。
Aさん、Bさん、Cさんには共通点がある。

彼らは、私が丸顔を気にして痩せたいと思っていることを知っているのだ。

だから喜ばせようとして嘘を云った、とは思わない。

たぶん本当に痩せたように感じたのだろう。

彼らに限らない。

過去を振り返っても、「痩せた？」という言葉は「太った？」の五倍くらい云われているような気がする。

もしもその言葉通りなら、どんどん細くなって、もう消滅しているだろう。

だが、実際には増減を繰り返しながら、私の質量は着実に世界に陣地を拡大、つまり太っているのだ。

私の推理はこうだ。

友人たちは「太ったな」と思ったときには口に出さない。

逆に「痩せたな」と思ったときは「痩せたかな」とか「痩せたと思えなくもないな」くらいでもどんどん云ってくれる。

挨拶代わりのプレゼントとして。

気持ちは嬉しい。

でも、そのプレゼントをうっかり真に受けたら危険。

「体重計も気づかないうちに痩せている？」なんて考えは、狂気へのささやかな一歩ではないか。

「君自身も気づかないうちに君は僕の子供を欲しがっている」とか云う人、こわい。

この道をゆくことなかれ。

温かい友情の言葉よりも、冷たい体重計の数値を信じるべし。

僕は丸顔。

丸顔は僕。

そう心に刻みながら、私はCさんに云った。

「そうかなあ。Cさんこそ痩せたんじゃない？」

2月1日　お星さまひとつ

外出から戻ると、妻の姿がなかった。
リビングにたくさんの紙が散らばっている。
不思議に思って拾い上げると、こんな言葉が書かれていた。

お星さまひとつ
プチンともいで
こんがりやいて
いそいでたべて

「?」と思って、次々に拾ってみる。
全て同じだ。
お星さまひとつ

プチンともいで
こんがりやいて
いそいでたべて

こう書かれた紙が十枚以上あった。

不安になる。

何があったんだろう。

帰ってきた妻にさり気なく尋ねてみた。

「あの、この紙、どうしたの」

「ペン習字始めたの」


ほっとする。

2月2日　ハブ

新聞の見出しが目に入る。

「那覇物流ハブ活用」

びくっとする。
凄い。
物流に「ハブ」を活用するとは。
さすがは那覇。
そう思って、ちょっと嬉しくなる。
にょろにょろにょろにょろ。
うねうねうねうね。
ちろちろろっ。
しゃーッ。

でも、まあ、ちがうんだろうな。

私の想像とは。

2月3日　節分

毎年、この日が来ると、知り合いのおばあさんを思い出す。

彼女は恵方巻を激しく嫌っている。

以前、こんなことを云っていた。

「あれを食べる者はチンパンジーだ」

チンパンジー、恵方巻……、いや、食べないと思うけどなあ。

2月7日　笑い声

エスカレーターに乗る。

すぐ後ろで笑い声がした。

「にゃはは」

それから、こんな言葉が聞こえてきた。

「デブみたいな声で笑っちゃった」

強烈に振り向いてみたかったけど我慢した。

2月10日　猫と人

猫のあくびを見る。

顔が裏返りそうな大あくび。

可愛い。

それなのに、人間のあくびが可愛くないのはどうしてだろう。

どんなに美人でもあくびは駄目だ。

特に本気の大あくび。

人間は鳥のように空を飛べないのと同様に、猫のように可愛く大あくびはできないのだろうか。

2月14日　チョコ

バレンタインデー。

或る女性からどう見ても本命チョコっぽいチョコを貰って、
はっとする。

2月15日　チョコ・その2

本命チョコの件が気になる。
いままで特別な好意を感じたことはなかった。
それに彼女からすると、私は父親くらいの年齢の筈だ。
でも、年上が好きな女性もけっこう多いらしい。
考えあぐねて友人の女性に相談する。

ほ「これなんだけど」
友「これ……」
ほ「本命っぽいでしょう?」
友「……雑魚用じゃん」

ほ「え！」

友「ぜんぜん本命チョコじゃないよ」

ほ「こんなに高級そうなのに」

友「たいしたことないよ」

ほ「でも、これなんかハート型だよ」

友「関係ないよ」

チョコレートの真贋判定に関して、私の目は節穴だったのか。

いや、贋モノではないんだけど。

しかし、「雑魚用」。

悲しい。

2月16日　チョコ・その3

学んだこと、その一。
高級そうに見えても、本命チョコとは限らない。
学んだこと、その二。
ハート型でも、本命チョコとは限らない。
では、どうすればいいのか。
検索をかけてみた。

「本命チョコの見分け方」

ざくざく出てきた。
心強い。
節穴なのは私だけじゃないんだ。

手作りチョコなら、形をチェック。
きれいで整っているなら、本命の可能性がありますよ。
(失敗作は義理に回すので)

「形」?
「失敗作は義理に回す」?
さらに見てゆくと、「義理チョコの作り方」という記事まであった。
わざと「形」を歪ませる?
全てがわからない感じになってくる。

2月18日　雰囲気

エレベーターに乗る。
調子がいいときは、後から乗ってきた人に「何階ですか」

と尋ねることができる。

今日はできなかった。

無言のまま突っ立っていると、横から腕が伸びてきてボタンが押される。

悪かったかな。

ただこれは、こちらの調子だけではなくて、後から乗ってきた人の雰囲気にもよるようだ。

「何階ですか」とききやすい雰囲気の人とききにくい雰囲気の人がいる。

2月20日　スティック糊

コンビニでスティック糊を買う。

投函する手紙に封をしたかったのだ。

このパターンで、家にはスティック糊がどんどん溜まってゆく。

そんなに使うものじゃないから困る。

コンビニや漫画喫茶で借りればいいのだが、「糊かテープ貸してください」が云いにくい。

借りるんじゃないだろ貰うんだろ、という思いが頭を掠めてしまうのだ。

しかし、「糊かテープちょっとください」はもっと云いにくい。

全ての郵便ポストにスティック糊が置いてあったらいいのに。

それなら、まず自分から始めたらどうか。

家にごろごろ余っているスティック糊を近所のポストに置いて回るのだ。

蓋の部分に瞬間接着剤を塗って、ポストの上に立てればいいだろう。

人々に感謝されるにちがいない。
いや、逆に公共の器物損壊とかで捕まったりして。
何が善で何が悪か、世界ってよくわからないからなあ。
いいと思ってやりました。
いいと思ってやりました。

2月21日　ハンドパワー

友達と人間ドックの話をする。
友「胃カメラ飲んだんだ」
ほ「どうだった？」
友「苦しかった」
ほ「昔に較べて随分進化して小さくなったってきいたけど」
友「そうなの？　わからなかった。初めてだもん」

ほ「そうか」

友「充分、苦しかったよ」

ほ「看護婦さん、手を握ってくれた？」

友「ううん。そんなことしてもらったの？」

ほ「うん。僕が飲んだのは三十年以上前で、当時の胃カメラはたぶん普通のカメラの小さい奴くらいあって飲むのが大変だったんだ」

友「へえ」

ほ「必死に我慢してるんだけど苦しくて、あ、もう駄目だ、ゲッとなる、と思った瞬間に、看護婦さんが手を握ってくれて、すっと楽になったの」

友「へええ」

ほ「あれは不思議だったなあ」

友「すごいね」

ほ「人間の手には特別な力が宿っているって本当だと思っ

たよ」

2月22日　ハンドパワー・その2

友達との会話をきっかけにハンドパワーのことを考える。

人間の手には特別な力が宿っている。

ならば、その力は胃カメラを飲むとき以外にもいろいろ応用できるんじゃないか。

例えば、「によによによっ記」の原稿がうまく書けないとき、担当編集者のYさんに手を握ってもらうのはどうか。

Y「どうですか」
ほ「おお、何だかアイデアが湧いてきました」

書ける。

書ける。

ぐんぐん書ける。

2月23日　ハンドパワー・その3

引き続き、ハンドパワーについて考える。

しかし、Yさんの手を借りても足りないほどのひどいスランプに陥ることもあるだろう。

Y「私一人では力不足です。ちょっと待ってください。前担当のKを呼びます」

Yさんに右手をKさんに左手を握られる私。

ふぉ。

頭の中にどんどん言葉が湧いてくる。

2月24日　ハンドパワー・その4

さらに、ハンドパワーを考える。
とうとう千年に一度の大スランプがやってきた。
Y「私たちだけでは力不足です。前々担当のH、前々々担当のもう一人のY、初代担当のOを呼びます。みんな来て。ほむらさんが大変なの。すっからかんでぜんぜん書けないの」
K「フジモトさんも動物たちを連れてきてください」

みんなが来てくれた。
感激だ。
人も、動物も、全員が輪になって手を繋ぐ。
さあ、心を一つにして。

全員「ベントラー、ベントラー、スペースピープル。ベントラー、ベントラー、スペースピープル。ベントラー、ベントラー、スペースピープル」

うぃんうぃんうぃんうぃんうぃん。

来た！

ＵＦＯだ。

蓋が開いて降りてきた光。

その先端が、触手のようにすーっとこちらに伸びてくる。

おそるおそる握った瞬間、髪が逆立った。

ふおおおおおお。

2月25日　牛丼屋

牛丼屋の中では吉野家が人気だった。

牛丼と云えば吉野家。

牛丼ひとすじ八十年。

ライバルの松屋は、みそ汁を無料でサービスすることで、何とか差を詰めようと頑張っていたが、難しそうだった。

新参のすき家などは、何をどうしても足下にも寄れない。

と思っていたら、店舗数日本一はすき家なんだって。

いったい何があったんだ。

瞬きの間に世界が変わっている。

2月26日　気づき

サイン会をする。

「小学生の時にほむらさんの本を読んで好きになりました」

え、と思う。

だって、目の前の人には髭がある。

大人じゃないか。

さては、と思う。

流れてるな。

時間。

そうか。

わかったぞ。

最近よく目が霞むのも、歩くとすぐに疲れるのも、牛丼屋の序列が変わったのも、みんなそのせいだったんだ。

2月27日 ランドセル効果

そっちがその気なら、と思う。

「小学生の時にほむらさんの本を読んで好きになりました」
そう云った人に、ランドセルを背負って貰おう。
略式タイムマシンだ。
ぴるるるるるるるるるる。
おお、髭が薄くなってゆく。
背が縮み始めて、ぴいぴいと甲高い声で騒ぎ出した。
ははははは。
もう遅いよ。
私の目の霞が消え、足が元気になり、みるみる吉野家が強くなってゆく。

2月28日　春

朝、窓の外でケキョケキョ声がする。

なんと鶯だ。
今年は早いな、と思う。
さすがにまだ鳴き方が下手だ。
ホーが云えない。
ホケキョの滑舌も悪い。
毎年のことだが、これがだんだん上手くなってゆくのが面白い。
一週間もすれば、ホーホケキョと美しく鳴けるようになる。
本人も心なしか誇らしげだ。
でも、そこから先がいけない。
美しかった鳴き声がさらに変化する。
ホ〜、ホケキョ。
ホーでおかしなタメをつくって、その分最後のケキョはひどく短い。
あれはどうしてなんだろう。

そういえば、人間の歌手も長年自分の持ち歌を歌い続けるとそうなることがある。
ここぞというタイミングで自信たっぷりにタメるのだ。
レコードと違うじゃないか。
一緒に歌えないよ。
でも、本人は気持ちよさそう。
普通に歌うのに飽きちゃうのかなあ。
鶯も。

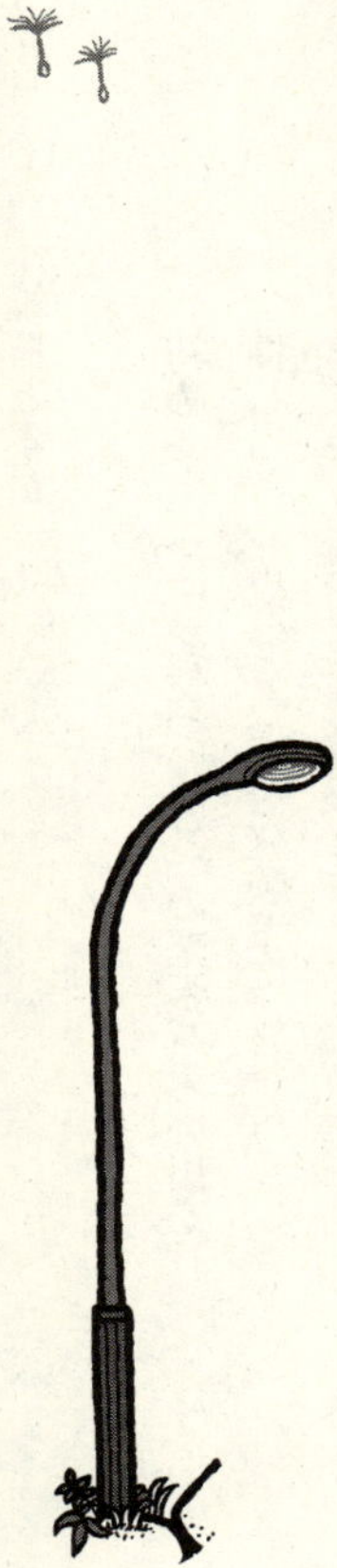

3月1日　練習と本番

初めてSuicaを使ったときの緊張を思い出す。
押し当てる角度と強さを経験者に尋ねた。
それから、空中で練習した。
「歩く」と「ピッ」のふたつを同時にやるのがむずかしい。
自分に云いきかせる。
みんな通れてるんだ。
僕にだけできない筈がない。
そして、本番。
無事にピッと通れたときのほっとした気持ち。
初々しかったなあ。

3月2日　かくれんぼ

最後にかくれんぼをしたのはいつだろう。
今までに何回かくれんぼしたかなあ。
思い出せない。
一回も。
鬼ごっこや缶蹴りやダルマさんがころんだは、はっきり覚えてるのに。
もしかして、私はかくれんぼをしたことがないのか。
初めてのかくれんぼは老人ホームでするのかもしれない。
みつけてもらえなかったら嫌だなあ。

もう
いいかい？

3月4日　どさくさ

どさくさに紛れて谷川俊太郎さんのおでこに触ってしまう。
物凄くどきどきした。

3月6日　どさくさ・その2

まだどきどきしている。
戦後のどさくさに紛れて大金持ちになったって人の話をきくけど、ついに自分も仲間入りだ。

3月9日　悔しい

前に住んでいた部屋の洗面所の足元には隠し収納庫があった。

そんなことをふと思い出す。
でも、それに気づいたのは、その部屋から引越す日だった。
なんか悔しかったなあ。
もっと早くに気づいていれば、思う存分収納できたのに。

3月12日　悔しい・その2

スキンヘッドにしたら見違えるようにセクシーになった。
そんな自分をふと想像する。
でも、それに気づいたのは、この世から去る日だった。
なんてことになったら悔しいだろうなあ。
もっと早くに気づいていれば、思う存分セクシーな人生を送れたのに。

3月14日　悔しい・その3

もし、そんなことになったら、この世に未練が残って化けて出るかもしれない。


「ほむらさんの幽霊を見たよ」

「え、こわーい」

「でも、スキンヘッドなの」

「もっと、こわーい」

「それが、なんか素敵なの」

「え、まじで」

「生きてるときよりぜんぜん良かったよ」

「仏の悪口云っちゃなんだけど、あのひとダサかったもんね」

「うん、髪もぼさぼさでね。でも、スキンヘッドにしたら見違えるようにセクシーだった。どこまでもついていきたいって思ったよ」

「あたしも会いたーい」

「でも、幽霊だよ」

「あ、そっか」

いろいろ悔しい。

3月15日　思い出

甥っ子のスピーチを聴く。
保育園の卒園式の練習をしているのだ。
卒園する子供の代表に選ばれたらしい。
スピーチは入園から今までの思い出を順番に述べてゆく堂々たる内容だ。

ちいさなぼくはないてばかりだったそうです。
みるくもなかなかのまなかったそうです。
そんなぼくにせんせいがたはこんきづよくみるくをあたえてくださったそうです。
おかげでげんきにおおきくなることができました。

零歳の思い出だって。

これって思い出っていうのかなあ。

3月17日　想像

もしも人を殺したら、と想像してみる。
あっさり自首しそうな気がする。
がんばって逃げ回る智恵と根性がない。
それより早く楽になりたい。
自首したら死刑にはならないと聞いた。
刑務所でも本は読めると聞いた。
本を読んでぼーっと暮らそう。
読みたい読みたいと思いながら今日まで読めなかった本がたくさんある。
古典とかミステリーとかものすごく長い漫画とか。
きっと集中して読めるだろう。

なんだか楽しみになってきた。
気持ちの切り替えが早いタイプだ。

出所だぞ
待って！もうちょっと。

3月18日　想像・その2

昨日書いたことを消そうかな、と思う。
将来、本当に人を殺した時のことを考えたのだ。

「こいつ、こんなこと書いてますよ」
「『なんだか楽しみになってきた』とか云ってるぞ」
「何が『気持ちの切り替えが早いタイプ』だ」
「ふざけるな」
「反省ゼロじゃないか」
「自分のことを『〜タイプ』っていうのがむかつく」
「死刑を求刑します」

消した方がよさそうだ。

3月20日　心の声

雑誌の取材を受ける。
写真撮影もあった。
カメラマンにレンズを向けられながら、少しでも良く撮られたいと思う。
ルックスはどうしようもないとしても、なんというか、存在感のある顔をしたい。
かっこよくはないけどこの人には何かある、と思われたい。
でも、どうすればいいんだろう。
わからない。
その時、電車の窓に貼ってあった書籍広告の一節を思い出した。

目からビーム。

手からパワー。

毛穴からオーラ。


だったかな。

自己啓発系の本らしい。

試してみる。

できるだけ、でもさり気なく、きりっとした顔をしながら、うろ覚えのフレーズを心の中で繰り返す。


目からビーム。

手からパワー。

毛穴からオーラ。


この心の声がもしも外部に流れたら、と思ってどきどきする。

「おいおい」
「これが『目からビーム』の顔なんだ」
「はははは」
「おかしすぎる」
「死刑を求刑します」

恥ずかしい。

3月22日　ふんぎり

行かなくちゃ、行かなくちゃ、と思っていた数年間は苦しかった。
こうしている間にも虫歯は進行している、と怖れながら。
でも、何年も放置していた。

ふんぎりがつかなかったのだ。
あの苦しみはなんだったんだろう。
もっと早く来るべきだった。
と私は思っていた。
歯医者の椅子で目を閉じて。
歯をがりがり削られて。
口の中にいっぱいの血の味を感じながら。
でも、心は平穏だ。

3月23日　脱毛

インターネットの広告が目に入る。

どんなに濃いヒゲにも!
「ゴリラ脱毛」をお試し下さい。

うーん、と思う。
「ゴリラ脱毛」か。
強力そうだ。
全身つるつるになったゴリラを想像。
とても怖い。

3月24日　試し書き

真夜中に西友の無印良品に行く。
文房具売り場の試し書きが面白い。

「韓流」
「嵐」
「宝塚」

「海老蔵」

筆跡が全部ちがうから別人なんだろうなあ。

真夜中の文房具売り場の試し書きに愛の火花が散っている。

ここに列べて記すべき言葉を持たない私は、百円のミニ鉛筆削りを買って帰った。

3月26日　美容院幻想

お鮨が食べたくなる。

駅前にいい鮨屋があるのだ。

でも、どうかな、おいしくて人気だからちょっと無理かな。

そう思いながら、行ってみた。

店「いらっしゃいませ」

ほ「すみません、あの、予約してないんですけど……」
店「ああ～（ざんねんそうに）、申し訳ございません。ご予約のないお客様はちょっと……」

やっぱりそうか。

ほ「あ、そうですか。はい」
店「申し訳ありません。週末で込み合ってまして。またお願いします」

やっぱり駄目だったか。
そりゃ、そうか。
回転寿司に行こうかな。
あそこなら入れるから。
ほら、入れた。

以下は、回転寿司を食べながら想像したことである。

髪が切りたくなる。

駅前にいい美容院があるのだ。

でも、どうかな、お洒落で人気だからちょっと無理かな。

そう思いながら、行ってみた。

店「いらっしゃいませ」

ほ「すみません、あの、丸顔なんですけど……」

店「ああ～（ざんねんそうに）、申し訳ございません。丸顔のお客様はちょっと……」

やっぱりそうか。

ほ「あ、そうですか。はい」

店「申し訳ありません。どんな髪型にしても恰好良くならないもので。丸顔が治ったらまたお願いします」

やっぱり駄目だったか。
そりゃ、そうか。
おじさん用の床屋に行こうかな。
あそこなら入れるから。

もぐもぐ。

ほ「すみません、鉄火巻ください」
店「はい、鉄火一丁！」

そんな世界じゃなくてよかったな。

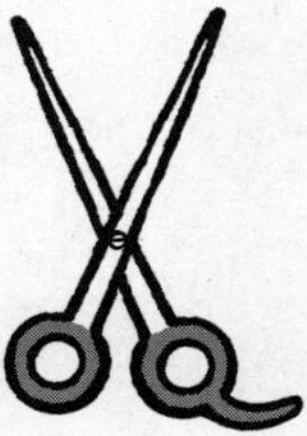

3月27日　美容院幻想・その2

いや、でも、と思う。
バブルの頃は、けっこうそんな世界だったよ。
今でもときどき思い出して傷つく。
トラウマのフラッシュバックだ。
ひどいよ。
治らないだろう、丸顔。

3月29日　保険の外の外

歯医者さんと話す。
どきどきする。
そろそろあの話が出るかな、と思ったら案の定だった。

歯「保険の範囲内でも治療できます。でも、将来のことを考えると、セラミックを使った方がいいことはいいです」
「いいことはいい」、微妙な表現だ。
ほ「あの、そのセラミックというか、保険の外でやろうとすると、おいくらになりますか」
歯「一本十一万円です」
表情が変わらないように、と思って無表情になってしまう。でも、まあ、そこまでのやりとりは予想していた。
ところが、まだ続きがあった。
歯「で、こちらのオールセラミックだと、従来のセラミックよりもさらによろしくて……」

えっ、と思う。

ほ「あ、あの、そちらはおいくらなんですか」

歯「一本十八万円です」

太陽系の外に銀河系がある。

でも、銀河系の外にも無限に宇宙は広がっているんだ。

気が遠くなる。

3月30日　温泉

温泉に行く。

ホテルの部屋で本を読んでいたら、大浴場から天使が戻ってきた。

なんだか、ふらふらしている。

顔が真っ赤だ。

「どうしたの？」

「ああ、ああ、あれ、せもたれ……、せもたれ……、じゃなくて、あの、あれ」

「ゆあたり」だった。

5
5

5
5

3月31日　待ち合わせ

手帳に待ち合わせの予定を書き込む。
相手はフジモトマサルさん。
場所は吉祥寺駅の「ロンロン口」改札。
『にょにょにょっ記』の打ち合わせだ。
ロンロンロンロ。

「別冊文藝春秋」第二八三号から第三一七号の連載に加筆修正、
文庫化の際に、第三一八号から第三二二号の連載より増補しました。

単行本　二〇一五年九月　文藝春秋刊

文春文庫

にょにょにょっ記《き》

定価はカバーに
表示してあります

2018年7月10日　第1刷

著　者　穂《ほ》村《むら》　弘《ひろし》
フジモトマサル

発行者　飯窪成幸
発行所　株式会社　文藝春秋

東京都千代田区紀尾井町 3-23　〒102-8008
ＴＥＬ　03・3265・1211㈹
文藝春秋ホームページ　http://www.bunshun.co.jp

落丁、乱丁本は、お手数ですが小社製作部宛お送り下さい。送料小社負担でお取替致します。

印刷製本・凸版印刷

Printed in Japan
ISBN978-4-16-791106-5

（　）内は解説者。品切の節はご容赦下さい。

藤原美子
夫の悪夢
藤原正彦教授の夫人が綴る家族の記録。ユニークすぎる夫の実像、義父母である新田次郎・藤原てい夫妻の思い出、息子三人の子育て奮闘記など、抱腹絶倒のエッセイ集。　（川上弘美）
ふ-34-1

穂村　弘
にょっ記
俗世間をイノセントに旅する歌人・穂村弘が形而下から形而上まで言葉を往還させつつ綴った『現実日記』。フジモトマサルのひとこまマンガ、長嶋有・名久井直子の「偽ょっ記」収録。
ほ-13-1

穂村　弘
にょにょっ記
奈良の鹿を見習って、他の県でも一種類ずつ動物を放し飼いにしたらどうだろう？　歌人・穂村弘の不思議でファニーな世界へようこそ。フジモトマサルのイラストも満載。　（西　加奈子）
ほ-13-2

星野　源
そして生活はつづく
どんな人でも、死なないかぎり、生活はつづくのだ。ならば、つまらない日常をおもしろがろう！　音楽家で俳優の星野源、初めてのエッセイ集。俳優・きたろうとの特別対談を収録。
ほ-17-1

星野　源
働く男
働きすぎのあなたへ。働かなさすぎのあなたへ。音楽家、俳優、文筆家の星野源が、過剰に働いていた時期の自らの仕事を解説した一冊。ピース又吉直樹との「働く男」同士対談を特別収録。
ほ-17-2

堀江貴文
刑務所なう。　完全版
長野刑務所に収監されたホリエモン。鬱々とした独房生活の中でも仕事を忘れず、刑務所メシ（意外とウマい）でスリムな体をゲット！　単行本二冊分の日記を一冊に。実録マンガ付き。
ほ-20-1

堀江貴文
刑務所わず。
塀の中では言えないホントの話
「ほんのちょっと人生の歯車が狂うだけで入ってしまうような所」これが刑務所生活を経た著者の実感。塀の中を鋭く切り取るシリーズ完結篇。検閲なし、全部暴露します！　（村木厚子）
ほ-20-2

万城目《まきめ》 学

ザ・万歩計

大阪で阿呆の薫陶を受け、作家を目指して東京へ。『鴨川ホルモー』で無職を脱するも、滑舌最悪のラジオに執筆を阻まれ、謎の名曲を夢想したりの作家生活。思わず吹き出す奇才のエッセイ。

ま-24-1

万城目 学

ザ・万字固め

熱き瓢箪愛、ブラジルW杯観戦記、敬愛する車谷長吉追悼、東京電力株主総会リポートなど奇才作家の縦横無尽な魅力満載のエッセイ集。綿矢りさ、森見登美彦両氏との特別鼎談も収録。

ま-24-4

松村賢治

旧暦と暮らす

スローライフの知恵ごよみ

「桃の節句に桃が咲いてない？」「お正月はまだ冬なのになぜ新春？」日本人が昔から知っていた、月の満ち欠け、太陽の動き……「旧暦」を今の暮らしに取り入れる格好のガイドブック。

ま-25-1

町山智浩

教科書に載ってないUSA語録

「イーストウッドする」「チナメリカ」の意味がわかりますか？次々と生まれる新語には、リアルなアメリカの今が満載。「週刊文春」の人気連載が一冊に。（小西克哉）

ま-28-4

町山智浩

アメリカ人もキラキラ★ネームがお好き

USA語録2

言葉を制する者はアメリカを制す。言葉を知ればアメリカがわかる。日々、かの国で生まれる新語・名言・迷言をレポート。週刊文春連載コラム文庫版第二弾。（モーリー・ロバートソン）

ま-28-5

宮城谷昌光

他者が他者であること

二十代の頃、歴史小説を侮蔑していた——。宮城谷昌光はいかにして現代を代表する歴史作家への道を拓いていったのか。書物や趣味をとおして創作への思いが見えるエッセイ集。（校條 剛）

み-19-33

みうらじゅん

正しい保健体育 ポケット版

保健体育の教科書の体裁で、愛や性について説いた爆笑講義録。下ネタの隙間から、著者の深い人生哲学や人間の真理が見えてくる。累計12万部の人気シリーズを2冊合わせて文庫化。

み-23-3

文春文庫　最新刊

椿落つ 新・酔いどれ小籐次（十一）　佐伯泰英
強葉木谷の精霊と名乗る者に狙われた三吉を救え！　小籐次は奮闘するが

劉邦（一）（二）　宮城谷昌光
劉邦はいかに家臣と民衆の信望を集め、漢王朝を打ち立てたか。全四巻

アンタッチャブル　馳星周
迷コンビが北朝鮮工作員のテロ計画を追う！　著者新境地のコメディ

夏の裁断　島本理生
悪魔のような男に翻弄され、女性作家は本を裁断していく―芥川賞候補作

晴れの日には 藍千堂菓子噺　田牧大和
菓子一辺倒だった晴太郎が子持ち後家に恋をした！　江戸人情時代小説

侠飯5 嵐のペンション篇　福澤徹三
頬に傷、手には包丁を持つ柳刃が奥多摩のペンションに―好評シリーズ

カレーなる逆襲！ ポンコツ部員のスパイス戦記　乾ルカ
廃部寸前の樽大野球部とエリート大学がカレー作り対決!?　青春小説

カトク 過重労働撲滅特別対策班　新庄耕
大企業の過重労働を取り締まる城木忠司が、ブラック企業撲滅に奮戦！

山本周五郎名品館Ⅳ **将監《しょうげん》さまの細みち**　沢木耕太郎編
「並木河岸」「墨丸」「深川安楽亭」「桑の木物語」等九編。シリーズ最終巻

にょにょにょっ記　穂村弘　フジモトマサル
妄想と詩想の間をたゆたう文章とイラストのシリーズ最後の日記

福井モデル 未来は地方から始まる　藤吉雅春
地方再生の知恵は北陸にあり―協働システムや教育を取材した画期的ルポ

昭和史をどう生きたか 半藤一利対談　半藤一利
吉村昭・野坂昭如・丸谷才一・野中郁次郎―十二人と語る激動の時代

原爆供養塔 忘れられた遺骨の70年　堀川惠子
なぜ供養塔の遺骨は名と住所が判明しながら無縁仏なのか。大宅賞受賞作

インパール〈新装版〉　高木俊朗
酸鼻をきわめたインパール作戦の実相。涙と憤りなしでは読めぬ戦記文学

新・学問のすすめ 脳を鍛える神学1000本ノック　佐藤優
神学を知ると現代が見える。母校同志社神学部生に明かした最強勉強法

死はこわくない　立花隆
自殺・安楽死・脳死・臨死体験―「知の巨人」が辿り着いた結論とは

高校野球を100倍楽しむ **ブラバン甲子園大研究**　梅津有希子
吹奏楽マニアの視点でアルプス席の名門校を直撃取材！　トリビア満載

プロ野球死亡遊戯　中溝康隆
プロ野球はまだまだ面白い！　人気ブロガーによる痛快野球エッセイ